U0631982

校园蒲公英励志丛书——

一本书就是一段生命历程；一本书就是一个美丽的世界；

一本书就是一个让人神往的梦想！忍不住回味咀嚼……

靠近一本书，让一本书与您和谐相伴，这是享受美丽人生的开始……

当本书系悄悄地走近您的生活时，您便拥有了这个世界上最多的梦想和力量！

WU XIA

主编

扬起帆，远航吧

—— XIAO YUAN PU GONG YING ——

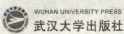

WUHAN UNIVERSITY PRESS

武汉大学出版社

图书在版编目（CIP）数据

扬起帆，远航吧／吴 霞 主编. — 武汉：武汉大学
出版社，2013. 10
　（校园蒲公英励志丛书）
　ISBN 978 - 7 - 307 - 11979 - 6

　Ⅰ.①扬… 　Ⅱ.①吴… 　Ⅲ.①散文集 – 中国 – 当代
Ⅳ.①I267

中国版本图书馆 CIP 数据核字（2013）第 252150 号

责任编辑：刘延姣　　责任校对：于月英　　版式设计：大华文苑

出　　　版：武汉大学出版社　　（430072　武昌　珞珈山）
发　　　行：武汉大学出版社北京图书策划中心
印　　　刷：北京一鑫印务有限责任公司
开　　　本：710×960　1/16
印　　　张：13
字　　　数：156 千字
版　　　次：2013 年 11 月第一版
印　　　次：2013 年 11 月第 1 次印刷
书　　　号：ISBN 978 - 7 - 307 - 11979 - 6
定　　　价：29. 80 元

目　录

第一辑　奋斗的人生才精彩

第二辑　放下包袱,让心飞扬

第三辑　挥舞青春的翅膀

第四辑 跨越困境,魅力人生

第一辑
奋斗的人生才精彩

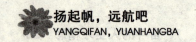
放手一搏

三分天注定，七分靠打拼，不打拼，怎么赢呢？没有谁的财富是不用经过努力换来的——天下没有免费的午餐。

我们常常在不该打退堂鼓时拼命打退堂鼓，因为恐惧失败而不敢尝试成功。这也正是我们许多人面临的很实际的一个问题：我们想做自己梦想的事，但就是害怕去尝试，害怕失败，害怕未知，害怕危险，最后，只好在自己的家里"安全"地坐着，耗费余生。

成功，往往产生于再坚持一下的努力之中。做人，何妨放手一搏！伟大的行动，总有一个卑微的开始。

洛克菲勒大胆、独到的商业眼光，大胆一搏的精神，可以说是从小养成的。洛克菲勒出生在美国东北部一个小村，家境贫寒。幼年时，曾将别人送他的一对火鸡精心喂养成群，挑好的在集市上出售。12 岁时积蓄了 50 美元，他把钱借给邻居，收取本息。在克利夫兰商业学校毕业后，曾任一运输公司会计，3 年之内积蓄了 900 美元。他未参加南北战争，却在战争中捞取了 1.7 万美元。

23 岁时，他到了钻出美国第一口油井的石油城，经实地考察，决定从事风险不大、不会亏本的炼油业。第二年与他人合资 7 万美元在克利夫兰建立了一家大炼油厂，采用可提炼出优质油的新技术，把竞争者远远抛在后面，获利 100%。

1870 年，他把两座炼油厂和石油输出商行合并，创建俄亥俄美孚石油公司。此后不到两年的时间，他吞并了该地区 20 多家炼油厂，控制该州 90% 炼油业、全部主要输油管及宾夕法尼亚铁路的全部油车。又接管新泽西一铁路公司的终点设施，迫使纽约、匹兹堡、费城的石油资本家纷纷拜倒在其脚下。

接着，为控制全国石油工业，他操纵纽约中央铁路公司和伊利公司同宾夕法尼亚公司开展铁路运费方面的竞争。结果，在 8 年内，美孚石油公司炼油能力从占全美 4% 猛增到 95%。美孚公司几乎控制了美国全部工业和几条大铁路干线。1882 年，它成为美国历史上第一个托拉斯。

后来，洛克菲勒财团又形成由花旗银行、大通一曼哈顿银行等四家大银行和三家保险公司组成的金融核心机构，这七大企业控制全国银行资产的 12% 和全国保险业资产的 26%，洛氏家族通过它们影响整个美国的工业企业决策。

1896 年，57 岁的洛克菲勒退休了。洛克菲勒退休后，几乎将全部的精力放到了发展慈善事业上。从 19 世纪 90 年代开始，他每年的捐献都超过 100 万美元。1913 年，他设立了"洛克菲勒基金会"，专门负责捐款工作，捐款总额高达 5 亿美元之多。迄今为止，这个基金会共培养了 3 位国务卿、12 位诺贝尔医学奖获得者和众多科学家。被称为"亚洲第一流医学院"的北京协和医院，即是"洛克菲勒基金会"捐款修建的。

看到这里，我们可能忍不住想问：一个普普通通的商人，为什么能取得如此惊人的成就呢？他究竟具备了哪些令我们常人望尘莫及的特殊能力呢？

人与人之间的能力会有多大差别？大家都是智力正常、吃饭喝水长大的正常人。人与人之间的不同，更多的是精神方面的差异。

当一些大财团为了在中心地段觅得一块宝地而争得头破血流的时候，洛克菲勒独辟蹊径，在当时看来前途未卜的地皮上玩起了"倒骑驴"。从最初招致他人的奚落嘲笑，到后来演绎成众人目瞪口呆的经典，洛克菲勒用逆向思维在同行中创造了一个投资奇迹。在竞争处于胶着状态时，谁敢于及时打破常规、逆势而行，谁就有可能率先在山重水复中柳暗花明。

洛克菲勒知道，一个不愿冒任何风险的领导者，终将一事无成。经

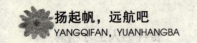
营企业有很大的偶然性，这需要胆识和冒险精神，如果在商机出现时不敢大胆一搏，可能就丧失了赢得成功的契机。

我们回头看看当初一起读书的同学，就会发现：成绩最好的乖乖男、乖乖女们，进入社会后混得往往不像我们当时预料的那样好。反倒是当初成绩不怎么样，但胆子很大、经常打架调皮的"劣等生"们，现在却是混得风生水起。所以经常听到所谓的知识分子们抱怨：脑体倒挂，不三不四的人发了财，社会不公平……

成功的路上风风雨雨，荆棘密布，惟有勇者方可取胜。很多成功者为什么能白手打天下，许多都是因为有敢为天下先的超人胆识，敢放手一搏的意识。经济学家樊纲说："企业家精神就是创新精神，创新精神就是冒险加理智。"可以说，一个企业家身上，60%是冒险精神，40%是理智——如果一个人的冒险精神降到20%，理智成分上升到80%，他估计就成学者了！

放手一搏并不是让我们无知鲁莽地冒险，并不是像赌徒那样，完全把宝押在"运气"上。我们搏的不是运气，而是靠智慧，建立在科学分析、理智思考和周密准备的基础之上。倘若一点可能性也没有，就冒冒失失地干起来，这就叫盲动，或者说是一种自杀行为。比如有些企业在扩张的发展道路上，盲目地扩大生产规模、延长生产链，对于联营企业的产品质量都不加以控制，从而使自己好不容易创出来的品牌在消费者心目中一落千丈，这样就是蛮干。

 画龙点睛

你宁可永远后悔，也不愿意大胆一搏吗？你想等到失败之后，等到自己的人生即将落幕的时候，才后悔自己还有潜力没发挥，还有梦想没实现吗？

要有一颗不安分的心

人总是自觉不自觉地在寻求什么——通过寻求、通过奋斗，我们才感觉到自己是活着的，才认为自己是具有某种意义的。孔子言："饱食终日而无所用心，难矣哉！"即是说：如果让一个人吃饱喝足之后，什么都不做，那真是太难为他了！

所谓不安分，就是找出一条最适合自己走的路，找到最适合自己做的事，然后全心投入，努力地奋斗，然后走向成功。其实我们每个人原本都怀着一颗不安分的心，只不过随着社会的磨砺，一些人逐渐失去了自己的棱角，失去了那颗不安分的心。

看历史上许多成功者、弄潮儿在年轻的时候都是不怎么安于现状，"不守本分"的。往往是别人都墨守成规地做着"陈年往事"，他们却一反社会共同心理，逆社会规则而上，做着"不合时宜"的事儿。他们为什么敢这样做呢？

因为他们知道，这个社会的结构在于延续和稳定，既然生存于这个社会当中，就要学会遵守必要的社会规则，不能太出格；但只是老老实实地遵守规则，是没办法推陈出新的；要想在规则中胜出，就必须敢于打破一些社会规则——这才是精英的标准。

当然，所有打破规则的人不会都能取得成功，但要想取得成功，就必须具备这种不安分的气质。动，然后才能有成功；不动，只会永远安于现状、不思进取，这样的人不会成什么大气候。

汉高祖刘邦是农民的儿子，他不种田，却终日游手好闲，忙于结交各方朋友，家境不宽裕，却喜施舍。虽然在起事前，他也不知道自己的一生究竟应该如何走下去，但那颗不安分的心始终在他的体内跳动。在历史提供的机遇面前，刘邦那独特的气质有了用武之地，结果成就了一番霸业。

俞敏洪的性格当中，有一个十分明显的特征——不安分。俞敏洪这样说道："我发现成功人士都有一个特质，就是不安分。比如我父辈当中的很多成功者，都是随着改革开放放弃了原来的铁饭碗，只身闯荡江湖的。但这绝对不是什么'懂得放弃'的精神，而是因为他们不安分，不满足于眼前安稳的现状——我就遗传了这样的'不安分基因'。"

再比如比尔·盖茨，这个哈佛法律专业的大学生，却不安于现状，在大一时就迫不及待地辍学去开他的电脑公司了。

性格沉稳的李嘉诚，实际上是个不安分的人。他去五金厂做推销员，但打开局面就跳槽去了塑胶公司。他很快成为公司出类拔萃的推销员，18岁当部门经理，20岁升为总经理，深得老板器重。他春风得意时，突然又要跳槽！

1946年上半年，香港经济迅速恢复到战前最好年景1939年同期的水平。战时遭破坏的工厂商行都已恢复生产营业，香港人口激增到一百多万。市景日益繁荣，入夜之后，港岛九龙的霓虹灯交相辉映，满载货物的巨轮，昼夜不停地出入维多利亚港。

中南钟表公司的业务有长足的发展，东南亚的销售网络重新建立，营业额呈几何级数递增，庄静庵筹划办一间钟表装配工厂，再扩展为自产钟表。

在这个时候，李嘉诚又该怎么发展？一条路，在舅父荫庇下谋求发展，中南公司，已成为香港钟表业的巨擘，收入稳定，生活安逸；另一条路要艰辛得多，充满风险，须再一次到社会上闯荡。

李嘉诚选择了后者，他喜欢做充满挑战的事。呆在舅父的羽翼下，更容易束缚自己，贪图安逸，要趁现在年轻，多学一些谋生的本领，拓宽视野，增长见识，为的是今后做大事业！

17岁的李嘉诚，已学会独立思考。他心念已定，却不知如何向舅父开口。舅父待他不薄，是李家的恩人。五金厂的老板，跟庄静庵曾有业务交往，他出面与庄静庵交涉，请求庄静庵"放人"。庄静庵与李嘉诚恳谈过一次，设身处地站在嘉诚的角度看问题。当年庄静庵也是一步步由打工仔变成老板的。嘉诚眼下还不会独立开业，他迟早会踏上这一步的。

舅父更深一层了解了嘉诚与众不同的禀赋。

李嘉诚开始了"行街仔"（走街串巷）生涯，他说，他一生最好的经商锻炼，是做推销员。行街推销，与茶楼侍候客人，和坐店销售钟表皆不同。后者顾客已有购买的意向，而行街推销，最初只有一方的意向。

对方有没有买的意图？需不需要你的产品？你如何寻找客户，联系客户？你与客户初次会面该说什么话，穿什么衣服？客户没有合作意向，你如何激发他的意向？建立了购销关系的客户，你如何巩固这种关系？

真正的推销艺术，大学课堂里学不到，任何书本里也找不到。推销的艺术，在推销的本身，只能在推销之中去把握和领悟。

五金厂出品的是日用五金，比如镀锌铁桶这一项，最理想的客户，是卖日杂货的店铺。大家都看好的销售对象，竞争自然激烈。李嘉诚却时时绕开代销的线路，向用户直销。

社会是无情的，市场是冷酷的，没有真本事，就无法在市场经济中闯荡。我们仔细观察就会发现社会当中有三种人：

第一种，他们不能适应社会的准则，被社会无情地打击到社会的最低层，他们的精神生活几乎为零，只能得到维持生命存活的最基本的物质条件，只是"活着"而已；第二种人，他们能够适应社会的准则，但他们必须遵守社会准则，在社会准则面前没有任何尊严，他们随波逐流，在适应社会准则时，能够得到一丁点的好处；第三种人，他们不但能够游刃有余地适应社会准则，而且能够在完全了解、理解社会准则后，根据自己的想法改变一部分社会准则，从而实现自身价值，他们不用"为了生存而活，还是为了实现个人价值而活"这样的问题苦恼，因为他们为世人创造物质财富和精神财富！

我们大多数人，做不到第三种。

首先，我们已经适应了逆来顺受，已经适应了去适应，而不是去改变。我们适应了随大流不犯大错，而不懂得独立判断，独立选择。比如考大学，为什么考大学，因为这样稳！这是什么稳？不是安稳，是这样不会出大问题。大家都这样了，我不这样，就比大家差了，就不稳了。殊不知，这个"大家"，也是看大家都这样才这样的。

很多人有种很恶劣的文化心理——求同心理，跟大多数人一样，他才有安全感。"木秀于林，风必摧之；堆出于岸，流必湍之；行高于人，众必非之。"这就是很多人信奉的"大儒式"人生哲学！

其次，有些人已经丧失了创造力。改变需要有创造力，没创造力的人没自信，所以他们不求有功，但求无过——这是弱者的想法。真正的强者，他会藐视过失——错了怎么样？机会成本而已！

一位公司老总说到他的司机的时候是这样描述的：

"他跟着我6年了，6年前是700的工资，现在还是。我曾给过他提拔的机会，可他并不努力，所以他只能是这个价值，他永远是700块。"

这个"700块"属于"第二种人"，或者说徘徊在"第二种人"和"第三种人"之间。他们能够适应社会的准则，但他们必须遵守社会准则，在社会准则面前没有任何尊严，他们随波逐流，在适应社会准则时，能够得到一丁点的好处。

只有不安分的人，总爱折腾点事儿出来的人，跃跃欲试、蠢蠢欲动的人，才能不断突破自我，不断奋斗，才能演绎出精彩纷呈的人生。

画龙点睛

我们一辈子努力的过程就是使自己变得更加完美的奋斗过程，我们的一切美德，都来自于克服自身缺点的奋斗。其实我们每个人都是潜在的亿万富翁，就看你如何行动了。

付出才能收获

　　有一些人总是想着不劳而获，坐等掉馅饼的事，按事物正常的发展规律是不可能的。有付出才有收获，有奋斗才有成功，种瓜得瓜，种豆得豆。而且付出与收获是成正比的。

　　一个老婆婆有两个儿子，大儿子长得英俊潇洒，而小儿子却相貌平平。老婆婆担心小儿子长大后很难娶到媳妇，所以对其格外用心。从小就细心地教小儿子学会怎样穿着衣服，怎样接物待人；而对大儿子却没怎么用心。在两个儿子都到了成家的年龄后，小儿子很顺利地娶到了漂亮的媳妇；而英俊潇洒的大儿子却娶不到妻子，这时老婆婆才又开始教导大儿子；但大儿子已是积习难改了，老婆婆费了很大的劲对大儿子进行左包右装，然后又费了好大劲儿才为大儿子娶到了一个丑媳妇。

　　从这个故事我们看到一个人能否成功与其先天条件没有直接的关系，关键在于后天付出的努力。大儿子虽然天生俊美，但由于年少时没有付出培养好习惯的时间以至于积累了许多恶习，而长大后难以娶到媳妇。而小儿子虽相貌一般，但由于从幼年开始母亲便注重培养其为人处世方式，养成了好习惯，他所付出的努力比他的哥哥多，所以最后他得到的也比他的哥哥多些。

　　有个年轻人想做生意，于是他向父亲征求意见："我想在咱们这条街上赚钱，需要先准备什么呢？"他的父亲想了想说："如果你不想多赚钱，可以现在就租两间门面，进货上柜开张营业；而你若想多赚些钱，就得先准备为这条街上的街坊邻居们做些事情。"年轻人接着问道：

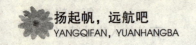
"那我应该先做些什么事情呢?"

父亲又想了一会儿说: "能做的事情有很多,如邮递员每天送信,但有很多信件很难找到收信人,你可以帮忙找找;还有很少有人扫街上的树叶,你可以每天清晨去扫一扫;此外,许多家庭需要得到一些举手之劳的帮助,可随便帮帮……"

年轻人不解地问道: "这与我开店有什么关系呢?"父亲笑着说: "你想把生意做好,这一切对你都会有帮助的。"

年轻人虽是半信半疑,但还是按他父亲说的那样去做了。每天,他不声不响地帮邮递员送信,打扫街道,帮几家老人挑水劈柴;听到谁遇到困难需要帮助,他马上就会去。

没多久,这个年轻人就闻名于这条街道,所有的人都知道了年轻人的存在。

年轻人在半年后开了自己的商店,开始挂牌营业。让他感到惊奇的是来了非常多的顾客,一条街的街坊邻居几乎都成了他的客户,甚至一些其他街的老人也拄着拐杖特意来他的店中买东西。他们对年轻人说: "我们都知道你是个好人,到你这儿来买东西,我们放心。"后来,年轻人决定送货上门,遇到经济困难的人家,他也总会让他们先赊账。就这样在短短几年时间,他便从一个一文不名的年轻人成了著名连锁店的老板。

我们常常只想得到自己想要得到的,却很少认真想过收获前的付出。有付出才有回报,也许有些回报会来得晚些,但如果你不懂得付出是永远也不会有回报的。

 画龙点睛

好多人不知道,要想得到,先要付出的道理,其实付出就是拥有,只不过有些收获得晚了点,甚至有些获得是一种无形的,不能用金钱衡量的,好多人是意识不到的。

机会垂青于有所准备的人

　　机会只会垂青有准备的人，不会为没有准备的人而停留。没有准备的行动只能使一切陷入僵局，最终面临的也只会是失败。美丽的花朵是花蕾孕育的结果，而成功者的成功则是充分准备的结果。

　　越王勾践被吴王夫差打败，被贬为平民并受尽凌辱，作为一个亡国之君，他无话可说。这时要怎么办？是继续作一个平民百姓，看着大好河山被别人占据，还是立刻发兵，夺回国土、夺回自己的尊严？

　　勾践是明智的，他明白如果立刻发兵换来的只会是失败，只会添加更多的伤亡。然而，亡国之耻不能不报。为此，他决定与民同衣、与民同住，卧薪尝胆，铭记亡国之恨；体察民情，聚敛人心。还用西施麻痹夫差，以换取更多的时间。勾践这么做是为了什么呢？

　　这是为了充分准备，为了将来的成功而准备。从此"臣民思报君之仇"，仅用三千越甲就吞下了整个吴国，10 年的努力准备换取了一朝成功！可以说勾践的成功是必然的。在忘和记之间，他勇敢地选择了记，在立即发兵与充分准备之间，他毅然选择了后者。这需要何等勇气才能办到，但我们在赞叹之余不禁会感叹，若是没有长达 10 年的充分准备，勾践他也是难以胜利的吧！

　　"凡事预则立，不预则废"，你若想抓住机遇并靠其获得成功首先要有创造机遇的能力。不管在做什么事之前，都应该做最好的准备与最坏的打算。做最好的准备是为了获取最大的成功，而做最坏的打算是为了能够承受意外的结果，不至于一蹶不振。倘若你想成功，就必须做好

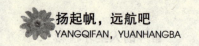
充分的准备。这是因为成功是充分准备的结果，而机会垂青于有所准备的人。

有两个猎人到山中打猎，一个猎人的枪法非常好，而另一个猎人的枪法要差些。而两人在什么时候装子弹上也有很大的区别，枪法好的猎人认为只要在见到猎物时装上子弹即可，而枪法差些的猎人则认为要先装好子弹，充分做好狩猎的准备才能打到更好、更多的猎物。

某天两人一起早早地进山去，走着走着忽然有一只狐狸窜到了眼前，在枪法好的猎人急忙准备上子弹时狐狸早已经跑得无影无踪了，两人只好垂头丧气地继续往前走。又走了一段路，突然两人同时听见了一声低低的吼声，原来是一只大灰狼在前面不远的地方。枪法好的猎人又急忙准备上子弹，而这时枪法差些的猎人猛一举枪，一抠扳机，猎物已经成为他的盘中餐了。

猎人枪法再好，但在看到猎物时才去装弹药，作为一名猎手最基本的准备工作都没有做好，自然也不会有什么收获。

机会对每个人而言都是公平的，有人错过，也有人抓住；有人发现了，也有人懵懂无知；有人在不断努力地创造机会，也有人在苦苦等待机会。然而又可以说机会是不公平的，它只垂青那些懂得怎样追求它、有准备头脑的人；它不欣赏投机，也不喜欢懒汉。因此，聪明人懂得勤奋努力，不断开拓，并持之以恒地去创造机会，而不是坐等机会。机会的大门一直都只为有准备的人而开。

有位作家曾说："成功的秘诀，就是随时准备把握时机。"由此可见机遇是通往成功之路的基石，一个人抓住了机会就如拥有了一笔巨大的财富。

把握好现在，才可能在以后的人生道路上有所建树，不要只埋怨社会不公平，成功不是偶然的。因而做好准备，随时迎接来自社会的浪涛冲击，这样才不会错失良机。机不可失，失不再来。

有一个人非常信奉上帝，每当他遇到困难时，总希望上帝会来拯救他。一天他不慎落水，在水中挣扎时他对上帝降临抱着极大的希望。一位船夫看见在水中挣扎的他，赶忙划船来救他。但他却坚定地说："你走吧，上帝会来救我的。"于是船夫无奈地走了。他在渐渐往下沉，当水漫到他胸部时，远处飘来了一根木桩，只要他一伸手便能抓住木桩而得救，但他依然放弃了这个求生的机会。他自始至终都相信上帝会来救他。最后，他被活活地淹死了。

终于他见到了上帝，气愤地问上帝："我对您那么崇敬，为什么当我面临死亡时，您却不救我呢？"上帝回答说："我第一次送去一条船来救你，接着又送去一根木桩来救你。你对摆在自己面前的机遇却视而不见，怎么可以说是我没救你呢？应该说是你自己不救自己。"

到底什么样的机会才算是真正的机会呢？不同的人或是从不同的角度出发，都会有不同的理解。上帝以为"船夫"与"浮木"是落水者求生的机会，而落水者却不这么认为，他一直认为上帝伸出的手才是他求生的机会，显然落水者的盲目葬送了自己的性命。在有性命之忧时，可以挽救生命的便是机会，这时哪里还有心思去等"上帝之手"类的东西，眼前最重要的是抓住转瞬即逝的机会。

这个小故事与前面一个类似，一个生活在偏僻小镇上的牧师，兢兢业业地从事着自己的本职工作，为去世的人举行葬礼，为年轻人主持婚礼，为新生的婴儿洗礼。日复一日，年复一年，辛勤不辍。就这样飞快地过了40年。

那年夏季，下起了阵阵大雨，一直不停。由于小镇上的积水越来越多，房屋都快被淹没了，而镇上的居民也大都搬迁到了他处。牧师却不肯走，他坚信自己的天职。雨越下越大，水也越涨越高。牧师不得已爬上了教堂的房顶。此时，有人划船而来，船上的人向牧师喊道："尊敬的牧师，我载你离开这儿吧，这里快要被淹没了。"牧师回答说："我不走，我是上帝的仆人，一直忠诚地履行上帝赋予我的任务，你们走吧，上帝不会让我死的。"来人无奈，只得独自离去。

一天后，又有带牧师离开的船来，然而牧师用同样的回答让救援的人离开。雨水在3天后漫过了屋顶，牧师只能爬到教堂的塔尖上。这时，一架直升机飞到了教堂上方，上面的人向牧师喊道："牧师，我是来救你的。我把梯子放下去，你用上面的绳子捆住自己的腰，我带你离开这儿。"但牧师依然固执地说："我为上帝付出了一生，他不会让我这样死去的，雨很快就会停了，水也会退去，我相信我可以活下去。你们走吧。"飞机上的人在屡劝无效的情况下，只得无奈地飞走了。而牧师在一天后被淹死了。

牧师来到天堂，见到了上帝。上帝看到他感到非常惊讶，说："怎么是你，你怎么会死呢？"牧师有些生气地答道："这有什么奇怪的吗？我从无二心地为你做了一辈子的事情，然而你却连生的机会都不给我，让我活活被水淹死。"上帝难以置信地瞪大了眼睛，说："怎么可能？我怎么可能不给你生的机会，我可是给你派去了两艘船和一架直升机的。"

有时机会就摆在我们面前，就看你是否能够抓住它。要知道机不可失，时不再来，一样的机会不可能一而再，再而三的向你招手。牧师的惨痛经历提醒我们，在心中坚守的信念也许就是从眼前晃过的那次机会，惟一能做也是应该要做的就是紧紧抓住它。机会一晃就过，如果不及时抓住，就可能再也找不到了。

前进的道路上总会充满艰险，我们也难免会"一不小心跌入河中"，此时我们不应妄想有神的力量相助，而要保持清醒的头脑，识别并抓住稍纵即逝的机会来挽救自己。要知道天助自助者，自己不努力积极地去寻找机会、抓住机会，而一味等待"上帝之手"，最终的结果会与落水人相差无几。要明白，机不可失，时不再来。

机会不是运气，要靠碰才能得到。只有善于把握机会，捕捉机遇，并善用机遇，才能让你在自己的人生道路上一次次获得成功。

机遇充斥着人的一生，而机遇不管对谁都非常重要，正所谓"时势造英雄"。因此，当机遇降临时，应审时度势，当机立断，快速做出选择；切忌优柔寡断，从而错失良机，要知道"机不可失，时不再来"。

苏格拉底与学生到郊外散步，他指着面前的一片稻田对学生说："你穿过这片稻田，从中采一枝最美的稻穗回来。一次为准，不许回头。"学生走入稻田，他看到一株非常美丽的稻穗，但他没有采；因为他想采摘一枝这片稻田里最漂亮的，他认为前面定有更好的。就这样，这个学生不知不觉地走出了这片稻田，而他一支稻穗也没有摘到。然而，他已不能再回头去采摘了。

接着苏格拉底又指着前面的一片树林对学生说："你穿过这片林子，

摘一枝最漂亮的树枝回来。一次为准，不许回头。"学生走入森林，这时他记起采稻穗的教训，于是他在看到一枝美丽的树枝后，就立即将它摘了下来。而当他举着摘下的树枝穿过林子时，发现前面还有很多更漂亮的树枝，但他也已没有选择的余地了。

这个故事告诉我们要抓住机遇，才能走向成功，应当珍惜每一次机会，去尝试、去把握、去创造，相信必定能走向成功。机遇不只是需要等待，更需要我们去努力创造。愚蠢的人总是在浪费机会，平常的人总是在等待机会，而聪明的人则善于创造机会，我们应该好好把握人生的每一次机会！当到达成功顶点时，你会庆幸自己的命运原来掌握在自己手中。

居里夫人说："弱者等待时机，强者创造时机。"一个人要想成功，不仅要靠勤奋努力、聪明才智，还要懂得创造机会，及时把握时机；不犹豫、不退缩、不观望、不因循守旧，想到就做，有去尝试的勇气，并且有实践的决心，诸多因素才可能造就一个人的成功。

一个人成功或存在着偶然的机会，然而偶然机会的被发现、被抓住以及被充分利用却又非绝对的偶然。可以说徘徊观望是我们成功的大敌。由于机会到达面前时，很多人信心不足，在犹豫间就将机会轻易放过了。所谓机会难再来，即便它愿意再次来敲你家的门，而如果你仍未改掉徘徊瞻顾的毛病的话，它依然还是要溜走的。坚定果断，及时把握机会，才可能品尝到成功的快乐；而思前想后，犹豫不决，就可能错过许多机会。

每个人都有属于自己的机遇，然而在人的一生中能发挥优势、施展才能的机会并不多，因而每个人都应该学会把握机会，创造成功的机会。

雪莱说："过去属于死神，未来属于自己，趁未来还属于自己的时候，抓住它吧！"在我们的生活中不可或缺的一种重要元素就是机遇，我们不应该以"幸运者"的身份去默默等待它的降临，而应该以"创造者"的身份去发现它、寻找它，并适时地抓住它、把握它，这样才能沐浴到胜利的灿烂阳光。

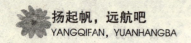
 画龙点睛

　　倘若将人生视为一个完整的圆，至少也有 180 度的弧是为机遇创造成功；而倘若将人生视为一次登山之旅，当你在山腰看到那青绿的叶、艳美的花时，一定要懂得牢牢把握机会，摘一朵属于自己的花。

奋斗的人生

世上没有"运气"，应该说，由于客观的种种因素，"运气"不可谓没有。芸芸众生之中，有的人"运气"或好，或金钱不想，条件优越，或爱情如意，事业可心，或生活无忧无虑，工作一帆风顺，让别人羡慕得要死。当然，也有"运气"不好的，工作不顺，生活不如意，所谓"倒起霉来，喝口凉水也会塞牙"。

不过，"运气"毕竟只是一种可遇不可求的东西，就像天上飘下的毛毛雨，你想，想不来，你盼，盼不到，你挥，挥不去，你赶，赶不走……即使偶有"鸿运"，也可能出现"有心栽花花不开心，无心插柳柳成荫"的结果。

其实，"运气"的多少和好与不好，是不以人的意志为转移的。就"运气"而言，它可能改变你的客观条件和环境。比如买奖券中了奖，却不能左右你的内在"成分"，如你的学识、气质、能力、修养，你的思想、为人、性格、毅力等等，都不会因"运气"而改变。

与人的"运气"相伴是坎坷。坎坷远不是"运气"那么受欢迎和盼望，更是毫无"诱惑力"可言。实际上，人的一生，坎坷出现的机率却远远大于所谓"运气"。或者可说，越是事业心强有所追求的人，人生路途上坎坷就越多，道路也就越崎岖。

"吃得苦中苦，方为人上人"一直是我用来策励自己的一句话。一个肯吃苦、肯奋斗、不怕失败的人，即使尚未成功，但我相信他的前途也是飞黄腾达的。天生我材必有用，只要我们不怕吃苦，不管是遇到什

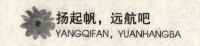
么大风大浪，或是急湍暗礁，也惟有在这种环境之下才能激起美丽的浪花；反倒是风平浪静的海面只能引起小小的涟漪，况且现在我们正年轻，如果现在不奋斗，何时再奋斗呢？

西谚说："年轻的本钱，就是有时间去失败第二次。"等到我们老了，就已经没人肯请我们去工作了，所以现在好好奋斗是很重要的。

曾经看过一则报导，这则报导的主角是谢坤山，他没有双手和一条腿，他的人生过得非常坎坷，但他从不放弃希望。他用他的嘴巴画出许多栩栩如生的画，他有妻子和小孩现在过的幸福美满，他的恒心与毅力，愈挫愈勇的精神深受人钦佩的。

"有恒心为成功之本"做任何事情恒心与毅力必先具备，天助自助者"成功之日"必指日可待。维持现状就是落伍，我们要不断的求进步，未来是虚幻的，惟有把握当下才是最重要的。放眼古圣先贤也都是奋斗所换取来的，没有人一出生就会说话、会走路，都是靠后天的培养与学习，所以不管是天才或是笨蛋，只要肯上进，一样能闯出属于自己的天空。

外表的美丑，不代表内心的善恶；生命的价值，不能以世俗厉害的尺度来衡量。

莎士比亚说："最软弱的果子最先落在地上。"一个怕吃苦的人，永远也摆脱不了寂寞和悲哀，怠惰和消极者，将使自己加速进人坟墓。

人生是一连串奋斗的痕迹，埋藏着人们多少欢笑，多少心酸，而奋斗的成果却永远闪烁发光。

我们的真，不是刹那的存在；我们的善，不是短暂的诚实；我们的美，不是空泛的图画。经过奋斗的人生，就是真善美的结晶。

 画龙点睛

　　不要叹息命运的坎坷，因为大地的不平衡，才有了河流；因为温度的不平衡，才有了万物生长的春夏秋冬；因为人生的不平衡，才有了我们绚丽的生命。伟人之所以伟大，是因为他与别人共处逆境时，别人失去了信心，他却下决心实现自己的目标，为了自己的目标而努力奋斗。

笑到最后的才是真正的赢家

贾柯·瑞斯说:"当一切毫无希望时,我看着切石工人在他的石头上,敲击了上百次,而不见任何裂痕出现。但在第一百零一次时,石头被劈成两半。我体会到,并非那一击,而是前面的敲打使它裂开。"

苏秦在游说秦王失败后,受到家人和乡人的耻笑。于是他暗下狠心,立志向,并"引锥刺股",奋力攻读,最终实现了自己的理想,在游说赵王时大获成功,提出的合纵策略也被六国广泛认可,成了一位伟大的政治家!

每个人都希望自己有常胜不败的处世心态,但这种心态并非与生俱来的,需要战胜自我,培养独立能力,学会观察与思考。每个人都有致命的弱点,所谓智者,就是要能够研究、掌握并恰到好处地去利用他人的这些弱点,为自己铺设一条成功之路。我们生存于现世,就是要在战胜自我的基础上战胜别人,经商者掏出顾客的腰包,从政者得到拥护,心想者得以事成,都得笑对人生的残局,坚持与命运对弈下去。

人若以命运来划分,大致可以分为两种:一种开始就走运,一种开始就倒霉。台湾残疾画家谢坤山就属于后一种,他似乎生来就和好运无缘,倒霉了一次又一次。

由于家境贫寒,谢坤山很早就辍了学。不过,生活贫困也使他早熟,很小就懂得父母的劳苦与艰辛。从 12 岁起,他就到工地上打工,用他那稚嫩的肩头支撑着这个家。然而命运偏偏不垂青于这个懂事的孩子,总将灾难一次次降临到他的头上。16 岁那年,他因误触高压电,失去了双臂和一条腿；25 岁时，一场意外事故，又使他失去了一只眼睛。

面对接踵而来的打击，谢坤山没有沉沦。他带着一身残疾上路，独自一人，与命运展开了一场博弈。谢坤山一边忙于打工，挣钱糊口；一边忙于公益，救助社会。后来，他渐渐地迷上了绘画，想重新给自己灰色的世界着色。

起初，谢坤山对绘画一无所知，他就去艺术学校旁听，学习绘画技巧。没有手，他就用嘴作画，先用牙齿咬住画笔，再用舌头搅动，嘴角时常渗出鲜血。少条腿，他就"金鸡独立"作画，通常一站就是几个小时。

谢坤山勤奋作画，到处举办画展，作品也不断地在绘画大赛中获奖。他不仅赢得了事业，成为很有名的画家，同时也赢得了社会的尊重。

其实生活就是一盘棋，而与你对弈的是命运。即便命运在棋盘上占尽了优势，即使你剩下只有一炮的残局，你也不要推盘认输，而要笑着面对，坚持与命运对弈下去，因为人生往往就在坚持中转机，没准接下来就能打它一个"闷宫"！

清朝大才子纪晓岚才华过人，然而，伴君如伴虎，仕途多艰难，他也曾受到很大的挫折。44 岁那年，两淮盐运史卢见曾因盐政亏空而获罪，朝廷要查抄家产。纪晓岚因与卢家是儿女亲家，所以，巧妙地将消息透露给卢家，事后，被政敌和珅告发，革职查办，谪戍新疆乌鲁木齐，远离京都。但他并没有因此而沉沦，而是静候时机，终于在三年后放还归朝堂。

纪晓岚一生四十余年仕宦生涯，历雍正、乾隆、嘉庆三朝，其间的艰难险阻只有他自己最清楚。他曾给自己写过一首词，曰："浮沉宦海如鸥鸟。"这就是他一生真实的写照。正是：风云吞吐寻常事，笑到最后是赢家。

一个人曾经跌倒过，这并不重要，重要的是他有勇气站起来，尽管以后可能还会跌倒。张艺谋执导的电影《一个都不能少》的女主角魏敏芝在考北影中失败了，还遭受到网民的无情讥讽，但是她并没有因此而放弃考"西影"的机会，最后她凭着信念与勇气成功了，接着一系列的机会找上了她，她得以出国留学，并最终如愿以偿当上了导演。如果魏敏芝当初因为考北影失败而沉沦，不再有那份再接再厉的勇气，那么她肯定不会像现在这样走得这么远。山峰只属于敢于攀登、不怕跌倒的人，只要有勇气面对跌倒，就会有征服山峰的机会。

美国历史上与华盛顿齐名的最伟大的总统之一亚伯拉罕·林肯，一生中布满了一长串"失败"的清单：在 1831 年至 1860 年之间，他生意失败、情人逝世，精神曾经一度崩溃，竞选州长、州议员、国会议员、参议员多次失败。就这样，他失败了，爬起来，再失败，就再爬起来，终究战胜了命运，闯过了生命的黑暗，将生命之舟划向了辉煌的彼岸，在他 51 岁那年竞选总统成功。

对自己能力的信任、对困难的正确认知，让你努力的行为可以开始和坚持！有些人天资颇高却成就平凡，他们好比有大本钱而没有做出大生意；也有些人天资并不特异而成就斐然可观，他们好比拿小本钱而做大生意，这中间的秘密就在于能不能坚持到最后了。

 画龙点睛

笑到最后，是一种心态，一种坚持。奋斗的路上充满荆棘，相信阳光总在风雨后，自古以来成气候者不拘小节，成大事者不惧挫折。

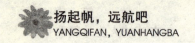
保持高昂的斗志

人生的旅程有阳光，也有风雨，如何在阳光灿烂之时继续进取，如何才能在风雨之中傲然前行；如何在厄运面前不退缩，如何在屡次挫折之后，仍不丧失斗志？下面教你几招在不同环境中保持斗志的诀窍。

（1）离开舒适区，不断寻求挑战激励自己。提防自己，不要躺倒在舒适区。舒适区只是避风港，不是安乐窝。它只是你心中准备迎接下次挑战之前刻意放松自己和恢复元气的地方。

（2）把握好情绪。人开心的时候，体内就会产生奇妙的变化，从而获得阵阵新的动力和力量。但是，不要总想在自身之外寻开心。令你开心的事不在别处，就在你身上。因此，找出自身的情绪高涨期，用来不断激励自己。

（3）调高目标。许多人惊奇地发现，他们之所以达不到自己孜孜以求的目标，是因为他们的主要目标太小，而且太模糊不清，使自己失去动力。如果你的主要目标不能激发你的想象力，目标的实现就会遥遥无期。因此，真正能激励你奋发向上的，是确立一个既宏伟又具体的远大目标。

（4）加强紧迫感。20世纪作者 Anais Nin 曾写道："沉溺生活的人没有死的恐惧，自以为长命百岁无益于你享受人生。"然而，大多数人对此视而不见，假装自己的生命会绵延无绝。惟有心血来潮的那天，我们才会筹划大事业，将我们的目标和梦想寄托在 Denis Waitley 称之为"虚幻岛"的汪洋大海之中。其实，直面死亡未必要等到生命耗尽时的临终一刻。事实上，如果能逼真地想象我们的弥留之际，会物极必反产生一种再生的感觉，这是塑造自我的第一步。

（5）撇开朋友。对于那些不支持你目标的"朋友"，要敬而远之。你所交往的人会改变你的生活。与愤世嫉俗的人为伍，他们会拉你沉沦。结交那些希望你快乐和成功的人，你就能在追求快乐和成功的路上迈出最重要的一步，对生活的热情具有感染力。因此，同乐观的人为伴能让我们看到更多的人生希望。

（6）迎接恐惧。战胜恐惧后迎来的是某种安全有益的东西。哪怕克服的是小小的恐惧，也会增强你对创造自己生活能力的信心。如果一味想避开恐惧，它们会像疯狗一样对我们穷追不舍。此时，最可怕的莫过于双眼一闭，当它们不存在。

（7）做好调整计划。实现目标的道路绝不是坦途。它总是呈现出一条波浪线，有起也有落。但你可以安排自己的休整点。事先看看你的时间表，框出你放松、调整、恢复元气的时间。即使你现在感觉不错，也要做好调整计划。这才是明智之举。在自己的事业波峰时，要给自己安排休整点，安排出一大段时间让自己隐退一下，即使是离开自己爱的工作也要如此。只有这样，在你重新投入工作时才能更富精力。

（8）直面困难。每一个解决方案都是针对一个问题的，困难对于脑力运动者来说，不过是一场艰辛的比赛，真正的运动者总是盼望比赛。如果把困难看作对自己的诅咒，就很难在生活中找到动力，如果学会了把握困难带来的机遇，你自然会动力陡生。

（9）首先要感觉好。多数人认为，一旦达到某个目标，人们就会感到身心舒畅，但问题是你可能永远达不到目标，把快乐建立在还不曾拥有的事情上，无异于剥夺自己创造快乐的权力。记住，快乐是天赋权利，它使自己在塑造自我的整个旅途中充满快乐，不要等到成功的最后一刻才去感受属于自己的欢乐。

（10）加强排练。先"排演"一场你要面对的更重要、更复杂的战斗。如果手上有棘手活而自己又犹豫不决，不妨挑件更难的事先做。生活挑战你的事情，你也可以用来挑战自己。这样，你就可以自己开辟一条成功之路。成功的真谛是：你对自己越苛刻，生活对你就越宽容；你对自己越宽容，生活对你越苛刻。

（11）立足现在。锻炼自己即刻行动的能力，充分利用对现实的认知力，不要沉浸在过去，也不要沉溺于未来，要着眼于今天。当然要有梦想、筹划和制订、创造目标的时间，不过，这一切就绪后，一定要学会脚踏实地、注重眼前的行动，要把整个生命凝聚在此时此刻。

（12）敢于竞争。竞争给了我们宝贵的经验，无论你多么出色，总会人外有人。所以，你需要学会谦虚。努力胜过别人，能使自己更深地认识自己；努力胜过别人，便在生活中加入了竞争"游戏"。不管在哪里，都要参与竞争，而且总要满怀快乐的心情。要明白，最终超越别人远远没有超越自己更重要。

（13）内省。大多数人通过别人对自己的印象和看法来看自己。获得别人对自己的反映很不错，尤其正面反馈。但是，仅凭别人的一面之词，把自己的个人形象建立在别人身上，就会面临严重的危险。因此，只需把这些溢美之词当作自己生活中的点缀，人生的棋局该由自己来摆。不要从别人身上找寻自己，应该经常自省并塑造自我。

（14）走向危机。危机能激发我们竭尽全力。无视这种现象，我们往往会愚蠢地创造一种追求舒适的生活，努力设计各种越来越轻松的生活方式，使自己生活得风平浪静。当然，我们不必坐等危机或悲剧的到来，从内心挑战自我是我们生命力量的源泉。圣女贞德说过："所有战斗的胜负首先在自我的心里见分晓。"

（15）精工细笔。创造自我，如绘制巨幅画面一样，不要怕精工细笔。如果把自己当作一幅正在描绘中的杰作，你就会乐于从细微处做改变。一件小事做得与众不同，也会令你兴奋不已。总之，无论你有多么小的变化，对于你都很重要。

（16）敢于犯错。有时候我们不做一件事，是因为我们没有把握做好。我们感到自己状态不佳或精力不足时，往往会把必须做的事放在一边，或静等灵感的降临。你可不要这样，如果有些事你知道需要做却又提不起劲，尽管去做，不要怕犯错，给自己一点自嘲式幽默，抱一种打趣的心情来对待自己做不好的事情，一旦做起来，尽量乐在其中。

（17）不要害怕拒绝。不要消极接受别人的拒绝，而要积极面对。

如果你的要求落空时，把这种拒绝当作一个问题："自己能不能更多一点创意呢？"总之，不要轻易打退堂鼓，应该让这种拒绝激励你更大的创造力。

（18）尽量放松。接受挑战后，要尽量放松。在脑电波开始平和你的中枢神经系统时，你可感受到自己的内在动力不断增加，你很快会知道自己有何收获，自己能做何事，不必祈求上天赐予你勇气，放松可以产生迎接挑战的勇气。

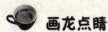 **画龙点睛**

　　人的一生都是在奋斗中度过的，只有奋斗生活才会精彩，因为奋斗生命才有意义。因此，无论在何种情况下都不能丧失斗志。

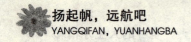
将目标进行到底就能创造奇迹

　　不管做什么事情，你只要迈出了第一步，接着再脚踏实地步步走下去，便会逐渐接近你的目的地。实现目标的过程也许会很平淡无奇，也许会充满艰辛，但不管过程如何只要你将目标进行到底就能创造一个属于自己的奇迹，让别人去欣赏。

　　有这样一则让人难忘的真实事例，事例的主人公是一个在旧金山贫民区长大的小男孩，由于从小营养不良而患上了软骨症，在6岁时他的双腿变成了"弓"字形，小腿严重萎缩。但在他幼小的心中一直藏着一个除了他自己，几乎没有人相信会实现的梦想——他要成为美式橄榄球的全能球员。

　　小男孩是传奇人物吉姆·布朗的球迷，每次吉姆所在的克里夫兰布朗斯队与旧金山四九人队在旧金山比赛时，他就会不顾双腿不便，而一跛一跛地走到球场去给自己心中的偶像加油。家庭的贫困使他买不起票，他只能等到全场比赛快结束工作人员打开大门时溜进去，以欣赏剩下的最后几分钟。

　　在小男孩13岁时，终于有一次与心中偶像面对面接触的机会，那是在布朗斯队和四九人队比赛后在一家冰激凌店里，这是他多年来所期望的一刻。男孩大大方方地走到这位大明星面前说道："布朗先生，我是你最忠实的球迷！"

　　吉姆·布朗十分和气地向他说了声谢谢。这个男孩又接着说："布朗先生，你晓得一件事吗？"

吉姆转过头来问:"小朋友,请问是什么事呢?"

小男孩镇定自若地说:"我记得你所创下的每一项纪录、每一次的布阵。"

吉姆·布朗非常开心地笑了,然后说:"真不简单。"

此时,小男孩挺了挺胸膛,眼里闪烁着光芒,他充满自信地说:"布朗先生,有一天我要打破你所创下的每项纪录!"

这位美式橄榄球明星听完小男孩的话后,微笑着对他说:"好大的口气呀!孩子,你叫什么名字?"

小男孩得意地笑了,说:"布朗先生,我的名字叫奥伦索·辛普森,大家都管我小 O. J.。"

打破吉姆·布朗所创下的每项纪录是奥伦索·辛普森从小就定下的目标,他一直在为这个目标努力奋斗着,后来就如他少年时说过的,他在美式橄榄球场上打破了吉姆·布朗所有的纪录,同时还创下了一些新纪录。奥伦索·辛普森的坚持创造了奇迹,那是别人想都不敢想的奇迹。

1984 年,在东京国际马拉松邀请赛中,名不见经传的日本选手山田本一出人意外地夺得了世界冠军。当记者问他凭什么取得如此惊人的成绩时,他说了这么一句话:凭智慧战胜对手。

当时许多人都认为这个偶然跑到前面的矮个子选手是在故弄玄虚。马拉松赛是体力和耐力的运动,只要身体素质好又有耐性就有望夺冠,爆发力和速度都还在其次,说用智慧取胜确实有点勉强。

两年后,意大利国际马拉松邀请赛在意大利北部城市米兰举行,山田本一代表日本参加比赛。这一次,他又获得了世界冠军。记者又请他谈经验。

山田本一性情木讷,不善言谈,回答的仍是上次那句话:用智慧战胜对手。这回记者在报纸上没再挖苦他,但对他所谓的智慧迷惑不解。

10 年后,这个谜终于被解开了,他在他的自传中是这么说的:每次比赛之前,我都要乘车把比赛的线路仔细地看一遍,并把沿途比较醒目的标志画下来,比如第一个标志是银行;第二个标志是一棵大树;第三个标志是一座红房子……这样一直画到赛程的终点。比赛开始后,我

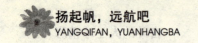
就以百米的速度奋力地向第一个目标冲去，等到达第一个目标后，我又以同样的速度向第二个目标冲去。40多千米的赛程，就被我分解成这么几个小目标轻松地跑完了。起初，我并不懂这样的道理，我把我的目标定在40多千米外终点线上的那面旗帜上，结果我跑到十几千米时就疲惫不堪了，我被前面那段遥远的路程给吓倒了。

在山田本一的自传中，发现这段话的时候，"我正在读法国作家普鲁斯特的《追忆似水流年》，这部作者花了16年写成的7卷本巨著，有很多次让我望而却步，要不是山田本一给我的启示，这部书可能还会像一座山一样横在我的眼前，现在它已被我踏平了。"

 画龙点睛

在现实中，我们做事之所以会半途而废，这其中的原因，往往不是因为难度较大，而是觉得成功离我们较远。确切地说，我们不是因为失败而放弃，而是因为倦怠而失败。

认准了，就放手去做

一列火车行驶在荒无人烟的山野之中，车上的乘客们百无聊赖地望着窗外，一个要去某地的年轻人也在其中。火车在一个拐弯处减速行驶，一所简陋的平房缓缓地进入了年轻人的视野。而此时很多的乘客都睁大了眼睛去"欣赏"寂寞旅途中这道特别的风景，甚至有些乘客开始议论起这房子。年轻人的心为之一动。

年轻人办完事在返回的中途下了车，并不辞辛苦地找到了那所房子。房子的主人告诉他，火车每天都要从门前驶过，他们实在受不了火车驶过时所发出的声音，因此想以低价卖掉房屋，但多年来一直无人问津。年轻人在不久后用 3 万元买下了那所平房，他认为这所房子正好处在拐弯处，火车经过这里的时候都会减速，而疲惫的乘客一看到这所房子就会精神一振，非常适合用来做广告。他很快开始联系一些大公司，推荐房屋正面这道极好的"广告墙"。最后，看中这个广告媒体的是可口可乐公司，它在 3 年租期里，付给了年轻人 18 万元租金。

人生就是一场冒险旅程，认准了机会，就应该好好努力、放手去做，在这条充满艰辛坎坷的道路上每个人都应该对自己充满信心，竭尽全力去寻找属于自己的宝藏，用尽全力到达旅途的终点。

英国小说家狄更斯在《双城记》中写过这样一段话"这是美好的年代，也是糟糕的年代；这是智慧的年代，也是愚昧的年代；这是信仰的年代，也是怀疑的年代；这是充满希望的春天，也是令人绝望的冬天；我们什么都有，我们什么都没有；我们全都在直奔天堂，我们全都在直奔相反的方向。"不同的人对同一时代的人或事会有不同的看法，你是什么样的人，它就会是什么样的时代。如果不想平淡无奇地过完属于自己的年代，如果想在属于自己的年代上创造点属于自己的奇迹，如果不想死后就被人遗忘，那么在你认准了一件值得做的事情后就放手去做，努力奋斗，创造出一片属于自己的天空，持之以恒地奋斗自己的事业。

在荷兰代尔夫特市有一个初中刚毕业的年轻人，在小镇上找到一份替镇政府看门的工作。他一直守着这份工作坚持了60多年，没有换过，也没有离开过这个小镇。

因看门工作较为轻松，时间宽裕，并且还能接触到许多不同的人。一次偶然的机会，他从一个朋友那里得知阿姆斯特丹市有很多眼镜店，不仅磨制镜片，还磨制放大镜，并对他说："用放大镜，能够将看不清的小东西放大，从而让你看得清清楚楚，奇妙极了。"年轻人对此产生了浓厚的兴趣。由于放大镜价格昂贵，而磨制放大镜的方法又不神秘，所以年轻人决定自己动手来磨制放大镜，这样既能打发时间又满足了自己的兴趣。

他专注、细致的开始磨制放大镜，这一磨就是60年，锲而不舍。年轻人的坚持不懈，使得自己的技术越来越纯熟，甚至超过了专业技师，他所磨出的复合镜片的放大倍数比其他人的都要高。年轻人借着自己研磨的镜片，发现了当时科技还不知道的另一个丰富多彩的世界——微生物世界。之后，年轻人声名大振，虽然他只有初中文化，却因此被授予了巴黎科学院院士的头衔。俄国的彼得大帝、英国女王也曾慕名到小镇拜访过他。

创造这个奇迹的年轻人，便是科学史上鼎鼎大名的荷兰科学家列文虎克。他踏踏实实地将手中的每一片玻璃磨好，将毕生的心血用于每个平淡无奇细节的完善，最终迎来了生命中的曙光，也为科学界带来了更为广阔的前景。

人类几乎所有的成功，都是持之以恒的结果；人类几乎所有的创造，都是持之以恒的作用；人类几乎所有的竞技，都是持之以恒的较量。一花一世界，一叶一菩提，你若能执著地将手中的小事情做到完美境界，相信成功离你也不远了。

荀子在《劝学》中系统阐述了正确的学习态度与方法，即要循序渐进，不断积累，并持之以恒。持之以恒不但是一种正确的学习态度，而且是一种可贵的精神品质。虽然持之以恒作为道理而言，算不上高深的学问；但若作为一种行为，则可称得上是最可贵的境界，也可说是最要紧的学问，因为这世上的难事多难在持之以恒地付诸行动。三分钟热度谁都能持有，而有始无终却又是许多人的通病。

古人说："人之学也，或失则多，或失则寡，或失则易，或失则止"，最易发生的是"止"，而一场坚持若是易不当易、止不当止，则会前功尽弃，最终一事无成。

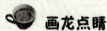 **画龙点睛**

可以说"坚持"是世上最宝贵的精神之一，也是世上最难做到的事情。也正因为宝贵，"坚持"才充满难度；也正因为困难，才更显其珍贵。

第二辑
放下包袱， 让心飞扬

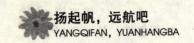
舍弃是一种智慧

　　杨振宁小时候就喜爱物理，而且想成为一个实验物理学家。1943年杨振宁赴美国留学时就立志要写一篇物理实验论文。1946年，杨振宁成为艾里逊教授手下的研究生。艾里逊教授是芝加哥大学物理系的一名教授，他正准备建造一台40万电子伏特的加速器，这在当时是最先进的。能参与这样的实验令杨振宁欣喜若狂。然而，他在实验时常常发生爆炸，以至于当时实验室里流传着这样一句话："哪里有爆炸，哪里就有杨振宁。"此时，杨振宁不得不痛苦地承认，自己的动手能力比别人差！

　　一天，一直在关注着杨振宁的被誉为美国氢弹之父的泰勒博士关切地问杨振宁："你做的实验是不是不大成功？"

　　"是的。"面对令人尊敬的前辈，杨振宁诚恳地回答。

　　"我认为你不必坚持一定要写一篇实验论文，你已经写了一篇理论论文，我建议你把他充实一下作为博士论文，我可以做你的导师。"泰勒直率地对杨振宁说。

　　杨振宁听了他的话，心情十分复杂。一方面，他从心底深处感到自己做实验确实是力不从心，另一方面，他又不愿服输，非常希望通过写一篇实验论文来弥补自己动手能力的不足。他十分感谢泰勒的关怀，但要他下决心打消自己的夙愿实在不是一件容易的事。"我想考虑一下，两天后再告诉你。"杨振宁恳切地说。

　　杨振宁认真思考了两天。他想起了小学时的一次手工课，自己兴致勃勃地捏制了一只鸡，拿回家给爸爸妈妈看时，他们笑着说："很好，很好，这是一段藕吧？"往事一件接一件地在他的脑海中浮现，他不得不承认，自己的动手能力实在不强。最终杨振宁接受了泰勒的建议，放弃写实验论文的打算。从此，他如释重负，毅然把主攻方向转向理论研究，最终于1957年10月与李政道联手摘取了诺贝尔物理学奖。

有时候选择放弃是十分困难的，甚至是十分痛苦的，适时的放弃，不仅需要勇气和胆识，更需要远见和智慧。人生之树，只有舍弃空想与浮华，才能撷取甜美的果实。

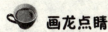 **画龙点睛**

也许你认为舍弃是一种懦夫的行为，但是舍弃有的时候却将我们带入另外的洞天之中。在原本自己不能达到成功的路上坚持，也许这应该称之为顽固。与其在一条没有希望的路上前行，不如转到另外的路上前行，说不定真正属于你的未来与希望在这条路上。

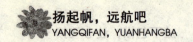
退一步海阔天空

一些事情争或不争并不会对我们的生活甚至整个人生有什么影响，这时我们不妨大度一些，退让一些。

很多时候，与朋友或同事发生的一些大的矛盾或分歧在最起初时也许只是小小的意见不合，而人们为了所谓的"面子"都不愿意退让，怕从此被人看低，最终把小小的不合演变成了不可收拾的争端，两败俱伤。如果当初懂得让步，就能够避免之后的若干麻烦。正所谓"忍一时风平浪静，退一步海阔天空"。

古时某人在朝为官，一天突然接到老家书信。打开一看，原来是家人与邻居发生争执，起因是隔开两家院子的墙塌了，重新砌墙时都想多占些地皮而寸土不让。家人于是写信来请他出面说话，以便让邻居退缩。不久，官员的家人收到了盼望已久的回信，里面却只有一首打油诗："千里捎书为打墙，让他三尺又何妨。万里长城今尚在，不见当年秦始皇。"家人于是明白了其中的道理，主动往后退三尺，邻居一见也不甘落后，也往后退三尺，于是中间出现了一条六尺宽的胡同，可供村民行走。村人后来将胡同命为"仁义胡同"。

可见，一些事情争还是不争并不会对我们的生活甚至整个人生有什么影响，这时我们不妨大度一些，退让一些。

曾有一个妇人，经常为生活中的一些琐碎的小事情生气。她也知道自己这样不好，却总也打不开这个心结，便去求一位高僧为自己谈禅说道，解开心结。高僧听了她的讲述，一言不发地把她领到一间禅房中，锁上门就走了。妇人气得大骂，骂了许久，高僧也不理会。妇人又开始哀求，高僧仍置之不理。妇人终于沉默了。这时高僧在门外问她；"你还生气吗？"妇人说："我在对自己生气，我怎么会到这地方来受这份罪？""连自己都不原谅的人怎么能心如止水？"高僧拂袖而去。过了一会儿高僧又来问她："还生气吗？""不生气了"妇人说。"为什么？""气也没有办法呀。""你的气并未消，还压在心里，爆发后将会更加剧烈。"高僧又离开了。高僧第三次来到门前，妇人告诉他："我不生气了，因为不值得气。""既然衡量值不值得，可见心中还是有气。"高僧笑道。当高僧的身影迎着夕阳立在门外时，妇人问高僧："大师，什么是气？"高僧将手中的茶水倾洒于地，妇人视之良久，顿悟，叩谢而去。

大部分时候，与别人赌气、与别人争执，最终伤害的却都是我们自己。即使在争端中我们占了上风，而最终又能得到什么呢？恐怕最多的还是在争执中浪费的精力、脑力、体力带来的伤害，如果能退一步，我们将收获一份心灵的宁静，以及别人对我们的尊敬。

做个生气的记录本：记录下你每次与人发生争执和生气的时间、原因，过一段时间重新翻看一遍，或许你会发现大部分现在看来都是微不足道甚至无聊可笑的。以后再遇到类似的情况，你也就不会像炮仗一样，一点就着了。

 画龙点睛

退一步想，能使你站得高，看得远；退一步想，能使你更清醒地认识自己；退一步想，能使你找回已失去的信心；退一步想，能使你抛弃不必要的烦恼。退一步，让你的人生永远掌握主动权。

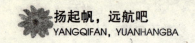
摒弃消极心态，选择快乐人生

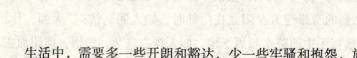

　　生活中，需要多一些开朗和豁达，少一些牢骚和抱怨，放弃负面心态，这样的人生才会快乐。正如俄国作家契诃夫所说："如果你的手指扎了一根刺，那么你应当庆幸——幸好这根刺不是扎在眼睛里！"当我们遇到一些麻烦和痛苦时，如果能够拥有这样的心态，就不会忧心忡忡、愁眉苦脸了。

　　有一天晚上，眉头紧锁的杰克在酒吧喝闷酒，一位服务生见状上前问道："先生，你为什么一个人在这儿喝闷酒，有什么让你不开心的事情？"杰克说："我叔叔前段时间去世了，因为他没有后代，所以将他全部的遗产——5000 张股票留给了我。"服务生听后说："你叔叔的去世的确让人感到伤心，但人死不能复生，你就不要再难过了。再说你叔叔把全部股票给你了，这也算是一件让你欣慰的事。"杰克接着说："是呀，当我第一眼看到遗嘱时我也挺高兴，可事情并非我想象的那样，这 5000 张股票，全是面临融资催缴、准备断头的股票！"

　　杰克的问题确实让人发愁，但是塞翁失马，焉知非福？如果杰克能放下负面心态，抱着积极的态度来面对这件事情，终会有柳暗花明的那一天。世界上的任何事有危就有机，就算面临杰克这种情况，也要从容面对，妥善处理，股票有跌就有涨，总会有解套的那一天。说不定这5000 张股票会成为杰克一生中的最大资产呢！

　　正如坎伯所写的："我们无法救治这个苦难的世界，但我们能选择快乐地活着。"世界上没有绝对的好事与坏事，只有你面对事情所采取的态度。凡事如果抱着负面心态去看待，就算彩票中奖让你获得了五百万元，也不是好事。由于你的负面心态作祟，于是你害怕别人惦记你的钱，担心这个朋友找你借钱，那个亲戚找你哭穷，白天吃不好，晚上睡不着，守着那五百万元每日忧心忡忡。这种日子你能快乐吗？

有一些人之所以会走上犯罪或轻生的不归路，就是因为他们不能很好地面对生活中的挫折和失败，从而毁掉了自己的一生。而那些从不幸中站起来的人则让人们敬佩，因为他们有积极乐观的良好心态。

一位坚强的失败者说过："难道有永远的失败吗？不！我宁可一千次跌倒，一千零一次爬起来，也不向失败低一次头。"相信，拥有这种心态的人最终一定会成功。

美国的科学家富兰克林曾说："只有积极乐观的人才能达到他所希望的目标。"在通往成功的大道上，会有很多"绊脚石"和"拦路虎"，但是只要我们认真对待，坚持不懈，就一定会取得成功。

不知大家是否听说过米契尔的故事？他在四十多岁时因机车出意外而被烧得不成人样，四年后的一次事故又导致他腰部以下全部瘫痪。面对这些不幸，米契尔勇敢地活了下来，而且还成为拥有百万资产的富翁、人人尊敬爱戴的演说家和成功的企业家，甚至娶到了梦中情人。不仅如此，他还玩跳伞、去泛舟、参与政坛，这些你敢想象吗？

第一次意外事故烧坏了米契尔65%以上的皮肤，面目看上去非常恐怖，手脚变成了肉球，为了尽可能地达到完美，医生为他做了十六次手术。手术过后的米契尔无法吃饭，无法打电话，甚至不能上厕所……不能做的事情远远不止这些。

但身为海军陆战队队员的他坚强地活下来了，并不认为自己被打败了。他记起一位哲人曾说过："相信你能你就能！""问题不是发生了什么，而是你如何面对它。"米契尔说："我完全可以掌握自己的人生之船，我可以选择把目前的状况看成是倒退或是一个起点。"

很快，米契尔就走出了痛苦的深渊。后来经过他的努力奋斗，他成为了百万富翁，身为百万富翁的米契尔买了一幢维多利亚式的房子，还买下了一架飞机和一家酒吧。对于这些他并不满足，于是又和朋友开了一家公司，这家公司后来成为佛蒙特州的第二大私人公司，也使米契尔

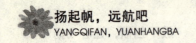

成为一位成功的企业家。

然而，在第一次意外事故发生四年之后，固执的米契尔不听别人劝阻，用肉球似的双手学习驾驶飞机。结果可想而知，在助手的陪同下飞机升上了天空，不一会儿飞机突然从空中坠落到地上。人们纷纷寻找飞机残骸中的米契尔，这一次他是脊椎骨粉碎性骨折，必须面对终身瘫痪的现实。他的家人、朋友都为他伤心难过，抱怨命运的不公，而他却说："既然我无法逃避现实，就必须乐观接受，想必这其中肯定隐藏着什么好事。虽然我的身体不能行动，但我的大脑是健全的，而且我还有可以帮助别人的一张嘴。"于是他就给病友们讲幽默故事，鼓励他们战胜疾病，他所到之处都笑声不断。

米契尔一直顽强进取，努力让自己达到最大程度上的独立。后来他成为科罗拉多州孤峰顶镇的镇长，负责保护该镇的美丽风景及周围环境不因开矿而受到破坏。他还竞选过国会议员。护理米契尔的是一位从护士学院毕业的金发女郎，他说这就是他的梦中情人，他要娶她，并把这些想法告诉了家人和朋友。大家都对他的想法很吃惊，很明显这是不可能的事情。大家说："万一她当面拒绝你，你得多难堪呀！"而米契尔却说："不，你们错了，我还没问，你们怎么知道她一定会拒绝我呢？我一定要试一下，万一她答应了呢？"于是米契尔去寻找只有万分之一的机会并试图抓住它，他坦诚地向他的梦中情人说出了心里话，勇敢地对其进行邀约，求爱。最终在两年后的一天，他的梦中情人投入他的怀抱，做了他的新娘。坚强勇敢的米契尔成为美国人民的骄傲，他成为了坐在轮椅上拿到公共行政硕士学位的国会议员，还一直坚持着飞行、环保和演说等活动。

米契尔在一次公众演说时说，他没瘫痪时能做一万种事情，在他瘫痪之后只能做九千种事情，他可以把目光放在他无法再做的一千种事情上和他还能做到的九千种事情上。米契尔虽然经历了两次险些让他丧命的重大事故，但是他没有因此而放弃努力。人们可以抛开负面心态，从另一个角度找出阻碍自己前进的原因，停止不前的时候可以退一步、想开一点，或许我们会感觉到：其实这点困难和挫折不算什么。

只有拥有积极、乐观的心态，才能像米契尔一样抓住万分之一的机会，最终获取成功。凡事要往好处想，把困难看作是一次机遇和隐藏的希望，然后用你的勇气和力量迎难而上，抓住机遇并揭开希望的面纱，那么万分之一的机会就成了百分之百的希望。而悲观者在面对困难时就感觉天塌了下来，前面没有一丝光明，全是黑暗，这时的他们不是放弃就是退却。拥有这种心态的人，必定会与机遇擦肩而过，在人生的路上他们注定是两手空空的失败者。

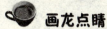 **画龙点睛**

　　人生就是一场大赌局，在这个大赌局里，你不可能总是输家，也不可能总是赢家。输了并不可怕，生活中总会遇到一些挫折和失败，关键是应该采取何种心态去面对。

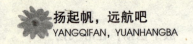
做好人生的加减法

人生就像一道简单的数学题，中年以前做加法，中年以后做减法。

从你呱呱落地那一刻起，你所拥有的一切便会不断增加。随着一天天的成长，你拥有的东西会越来越多，比如：家庭、事业、金钱、名利……从赤裸裸的一无所有到拥有全部，包括对家庭和社会应尽的义务和必须承担的责任。人生的加法，让你身上的担子越来越重。

过了中年的你应该开始做减法了。放下沉重的负担，放下那些没有实现的理想，放下让你疲惫不堪的工作……总之放下所有应该舍弃的，这就是人生的减法，让你丢掉包袱，享受轻松、自由和快乐。

人生这道数学题，看起来简单做起来难。有的人知道怎么做却一辈子也做不好，有的人根本不会做，有的人却总想做加法不想做减法，甚至有的人不想做加法，只是靠青春混日子，没了青春也就没了吃饭的资本，往往是"少壮不努力，老大徒伤悲"。事实上，人生中的加法与减法相比，做减法更难一些。减法就是舍弃自己努力得到的权力、利益、金钱等，试问天下又有多少人能拥有如此宽广的心胸？世人都为了名利明争暗斗，甚至搞得头破血流、命丧其中，又怎会如此轻易舍弃呢？"世人都晓神仙好，惟有金银忘不了，终朝只恨聚无多，及到多时眼闭了"，这种人被沉重的负担压得喘不过气来，最后被这些负担折磨而死。

然而纵观古今，也有许多聪明之人做好了人生这道数学题。

汉宣帝时出现的两个名人疏广、疏受就是很好的例子。

年轻时的疏广勤奋好学，精通《春秋》，不少学生不顾路途遥远投到他的门下听他讲学。汉宣帝听说此事后，便召疏广进朝做官，起初先让他担任博士、太中大夫，后来又让他辅导太子。就这样，疏广成了朝中的重要官员。疏受，是疏广哥哥的儿子，也是有才之人，他被任命为太子家令。有一次，汉宣帝在太子宫中见到接人待物恭敬有礼、讲话大方得体的疏受后对他大加赞赏，并任命他为少傅，和叔叔疏广共同辅导太子。

此后，疏广、疏受叔侄二人经常受到汉宣帝的赏赐，而太子每次上朝，他们俩都跟随左右，俨然已经成为汉宣帝和太子身边的红人。

在疏广和疏受的教导下，太子十二岁便通晓《论语》、《孝经》。然后疏广就对疏受说："我从历史经验中得知，一个人知足才不会遭到屈辱，凡事知道适可而止，便不会有危险。一个人的事业就好像太阳一样，日中而偏，后来居上。我们叔侄俩现也算是事业有成，功成名就，如果不急流勇退的话，以后会有大麻烦呀，我们还是现在就辞去官职，告老还乡，颐养天年吧。"侄子疏受感到叔叔的话非常有道理，于是便和叔叔疏广以身体有恙为由辞去官职，回家养老。汉宣帝见他们确实年事已高，于是便答应了他们的请求，并赏给他们很多黄金，而太子为了答谢恩师也送了好多黄金。

回到老家后，他们把这些黄金全部施舍给了穷人。有人对他们说："何不购田买房留给子孙？"疏广却说有少量的田地和茅屋一间就足够，只要子孙辛勤劳作就不愁吃穿，如果给他们留下太多的财产，反而对他们没有好处，会让他们养成好吃懒做的习惯，胸无大志，甚至还会做出伤天害理之事，那就害了他们了。自此以后，疏广和疏受便一直深受乡里人的尊敬和爱戴，他们生活得很快乐，身体也很硬朗，并得以安享晚年。

疏广和疏受叔侄俩在年轻时就做好了人生的加法，而在名利双收后又做好了人生的减法——他们不恋权势、及时退出，可谓减得及时；他们不恋黄金、全部捐献，可谓减得痛快；他们不为子孙谋、不做千岁忧，可谓减得彻底。

古人都有这般"知足不辱，知止不殆"的胸怀，我们更应该做出榜样，活出精彩。人活一世，奋斗不止，无论成功失败，我们都应该明

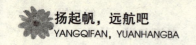
白这样一个道理：一切的地位、金钱、荣华富贵都只是过往云烟、浮华一世，只有健康最珍贵，它永远都是自己的，谁也抢不走。

人生这道数学题，要用心去经营，用爱去呵护，只有投入全部的热情才能做好，才能让自己的人生少一些烦恼和遗憾，多一份安心和精彩。

美国开国之父华盛顿一样，在他第二届总统期满之际，便卸下总统职务，尽管全国人民支持他连任，但他不顾人民的"劝说"，坚持执行他所建立的制度，以身作则，执行规定，为美国的后人树立了榜样，完成了人生之中重要的一次减法。他在卸任之后便投身田园生活，享受着自由和幸福。

人生其实就是一个自我经营的过程。既然是经营那就得有核算，人生是离不开加法和减法的。

因为有了加法，人生才更加丰富多彩，也正是因为有了加法，人才会对社会作出贡献。有时候追名逐利是人生的奋斗动力，但不能超越界线，过分地追名逐利只会增加负担和烦恼。加法人生其实也有积极的一面，这积极的一面能促进自我完善、自我丰富，进一步提高自己。它是实现人生目标不可缺少的重要因素，也是充实内在精神和满足外在物质需求的一个过程。

人的生命极其短暂，然而人的欲望却难以得到满足，所以人生需要减法。学会正确对待人生中的得与失，学会减去一些累赘，否则你会承受不了过重的负担，让结果事与愿违。就像光彩夺目的玉，以前它只是一块普通的、毫不起眼的石头，经过无数次地打磨雕琢之后，才变成了美玉。人生也是如此，只有舍得放弃一些身外之物，去掉多余的边边角角，才能获得完美的自我和人生。就如雕塑家薛里昂所说："人生是减法，就像一块石头，经过许多次雕琢，去掉多余的部分，才能成为一尊美丽的雕像。"

人的一生，大到宇宙，小到沙粒，天天都有新知识、新感悟、新思想，谁的加法做得好，谁的人生就更加精彩一些。同时人的无知、私欲、贪婪等必须减去，只有这样才能轻松顺利地走向成功。做好人生加减法，才能准确把握机遇；做好人生加减法，才能恰当地让自我价值得以体现；做好人生加减法，才能拥有精彩人生；做好人生加减法，才能过得快乐，才能让幸福陪伴你一生。

 画龙点睛

　　人生中的加法，是一种成长，它需要不断地付出，然后拥有更多。人生中的减法，是在人们遇到挫折时，减去一些不必要的负担，让失望、沮丧和恐惧随之而去，学会以平常心看待人生、看待生活。

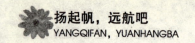
放下一棵树，赢来整片森林

一个小女孩和妈妈一起到海边捡贝壳，刚到沙滩她就捡了满满两手贝壳。妈妈意味深长地告诉她，前面会有更多更漂亮的贝壳，现在先把手里的贝壳放下，只有先舍得放下，才能拥有更大的收获。人在成长中会遇到很多选择，只有学会适当的放下，才能使你的人生变得更加精彩。

人的一生不可能一帆风顺，都会不可避免地经历风雨与坎坷，需要面对各种各样的困难和险境。有时候这些不好的境遇让我们措手不及，这时要学会舍弃。当然，舍弃并不等于是认输，而是在寻找成功的契机。

有一只狐狸被猎人的夹子夹住一条腿，它本能地用力挣脱，却无济于事，反而越夹越紧，于是它果断地咬断了被夹的那条腿，强忍着剧痛逃跑了。它虽然失去了一条腿，但却保住了自己的性命，如果它不舍得放弃那条腿，那它失去的便是整个生命。

可见，连狐狸都知道这个道理，我们人类更应该学会舍小保大，懂得舍弃的真正意义。

智者云："两弊相衡取其轻，两利相权取其重。"这句话的意思是：如果在两个坏结果中选其一，则取害处较小的那个；如果在两个好结果中选其一，则取好处较大的那个。如果不辨别是非、明确方向，固执地认为人就应该永不放弃，那么最终可能会付出沉重的代价。

《孟子·告子》中有一句名言流传至今："鱼，我所欲也；熊掌，亦我所欲也；二者不可得兼，舍鱼而取熊掌者也。"人生面临选择时，必须要学会舍弃，只有这样才能收获更多。如果是想鱼和熊掌两者兼得，那么结果也许会哪一样也得不到。

在世界战争史上，以战线短、时间短、影响大、结局意外而著称的滑铁卢大战中，大雨造成道路泥泞，拿破仑最得力的炮兵由于移动不便而在泥沼中挣扎，进不了阵地，而拿破仑又不忍心放弃他的作战主力火炮队；但如此耽误时间，敌方的增援部队就会先赶到，后果将不堪设想。时间就在拿破仑犹豫不定间过去了，这时敌方的增援部队果然先到了，最终拿破仑失败了。这一战，不仅彻底结束了拿破仑·波拿巴的军事生涯，也改变了欧洲的历史进程。

他的失败告诉人们：在紧要关头，一定要明断利弊，该放下的就放下，关键时刻不能瞻前顾后、犹豫不决。放下是顾全大局的聪明之举。有很多人就像拿破仑一样在面临抉择的时候总是舍不得放下，结果赔了夫人又折兵。

纵观历史，一些有成就的军事家宁可在非重要的战场上做出让步，也必须在重要的战场上集中所有优势兵力和武器争取胜利。人生也如同战场，必须学会放弃，放弃一些次要战场的得失，把精力和时间放在主战场上。

泰戈尔的《飞鸟集》中有一句诗："如果你因失去了太阳而流泪，那么你也将失去群星。"你如果错过了太阳，就不要再错过群星，只有敢于放弃才能重获新生。

很久很久以前，一个失败的人去向智者请教。智者给了他一个小背篓，并带他来到了一条小路上，小路上面全是漂亮的五彩石，智者让他把所喜欢的石头全部放到小背篓里去。这个人看见石头喜欢得不得了，于是不管黑的、白的、红的、绿的，他全部拣起来放进小背篓里。最后他双肩支持不住，摔倒在地。智者见状，对他说道："留下你最喜欢的，其他的都不要了。"于是，这个人就按智者所说，扔了大部分石头，此时他感觉到无比轻松，很快就到了小路的终点。他虽然放弃了一些石头，但是得到了轻松、愉快的心情，并顺利到达了目的地。

所以，在人生中我们不仅要学会放弃，而且要具有敢于放弃的精

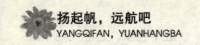
神，不能为了一点利益而没完没了、斤斤计较。有的时候放弃一棵树，得到的会是整个森林！放弃一滴水，拥有的是整个大海！放弃一片洼地，占领的会是一座高山！在鱼与熊掌之间，必须放弃一种，这便是人生中的一种珍惜。有所得时必然会有所失，只有学会放弃、学会珍惜，人生才会更加成熟，生活才会更加幸福，更加充实和洒脱。

 画龙点睛

　　人生极其短暂，精力有限，世界上耀眼的精彩，你不可能方方面面都顾及，这就需要舍弃一些不重要的东西，有时候舍弃就是为了更好地得到。

快乐其实很简单

　　有这样一句话："世界上并不缺少美，缺少的是发现美的眼睛。"快乐亦如此。有些人成天悲叹烦恼，殊不知快乐就在自己身边。只要善于发现快乐，快乐就会来到你的身边，快乐其实很简单哦！

　　快乐其实很简单，快乐源于我们自己。当你为一件事全心全意地付出，而得到成功，正在为此喜悦时，快乐已经悄悄来到你的身边。快乐藏在你那蕴含着满足的浅笑里。你的快乐就源于你的成功！

　　快乐其实很简单，快乐源于别人。当你为别人解决困难，用了自己最大的努力付出而帮助别人克服了困难时，快乐又一次来到了你的身边。这时，快乐又藏在别人真诚的一句"谢谢"中。你的快乐来源于别人的感谢！

　　快乐能够驱赶烦恼。当你烦恼自己的鼻子太塌时，不妨想想，它也能让你呼吸到新鲜空气；当你埋怨上帝给你的眼睛很小很眯时，你就试着想想，它也让你看到了细水长流。快乐像一个使者，能让我们忘记许多烦恼和痛苦。

　　不知从什么时候开始，"郁闷"成了大多数人们的口头禅。我们经常会说："真郁闷啊！"抱怨生活累，抱怨自己付出的比别人多，抱怨自己的付出得不到应有的回报……似乎，每时每刻都有不快乐的事情。

　　其实，快乐是一种心情，所以不快乐的原因在于"心"。因为心被欲望抹去了原有的纯真；因为双眼名利的灰尘掩盖了原有的明亮。呵

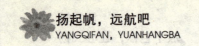
呵，其实快乐很简单，一个会心的微笑，一次真诚的握手，一次倾心的交谈，都会是快乐的体验。

快乐很简单，只要我们有一颗真诚坦荡的心；只要我们不在乎付出，不计较回报；只要我们善于发现快乐、制造快乐，快乐一定属于我们。

快乐其实很简单！我原来以为，得到快乐很难，但是自从经过那件事后，我突然发现，其实得到快乐很简单，真的很简单！

期中考试不久的一天，放学时，天空中突然下起了大雨，我撑开伞，慢慢走在回家的小路上。我不喜欢这样的雨，最近学习的沉重和考试的结果让我的心情很糟糕。突然，一个甜美的声音传到了我的耳朵里，"姐姐，可以带我撑一下伞吗？"我回过头，看见了一个漂亮的小女孩孤零零地站在雨帘中，雨水肆意地从她的头发往下流，衣服也有些潮湿了。见她满脸恳求的样子，我勉强点了点头。心想："这个小丫头胆子蛮大的，陌生人也敢答话，就不怕我是坏人？"小女孩立刻钻到了我的伞下，和我一起走了起来。一边走，小女孩还很老练地和我讲着她学校里的趣事，听着听着，我的记忆似乎回到了无忧无虑的小学，心情渐渐好了起来。

小女孩突然对我叫道，"姐姐，你也说说你们班的一些趣事嘛！""啊？可是我们初中除了学习还是学习，哪有什么趣事呀？"我有点不耐烦了。小女孩似乎没有注意到我情趣的变化，自言自语地说："姐姐，怎么可能呢？你有那么多的同学，每天都有好朋友和你说说话。听说你们初中图书馆有好多课外书，上课都用电脑，还有那么多的活动课，一定会有许多好玩的事，我要上初中该多好！"听了她的话，我忽然恍然大悟，原来所谓的快乐就一直环绕在我的身边，可我一直都没有发现，还自寻烦恼，我感觉我好傻！

"姐姐！"小女孩又快乐地对我叫道。"你跳过皮筋吗？"过去的童年时光再现我的眼前，"哦！想到了，我还记得有次下课时，男生和女生一起跳皮筋，他们不会跳，所以跳起皮筋的样子很搞笑的……""哈哈哈，好好玩哦……"从一声声的笑声中，我得到了记忆中的快乐。不知不觉中小女孩已经到家了，我还沉浸在她给我带来的快乐世界里。

我们总是感叹自己没有快乐，抱怨命运对自己的不公。其实我们只要留心观察身边的一切，用一颗对生活的挚爱之心去感悟，就可以得到快乐！得到快乐其实很简单！

艺术家殚精竭虑创作了作品，小孩忙了一天才堆成堡垒，医生奋力抢救了病人，这便是他们的快乐，最大的快乐。的确，快乐其实很简单，能在自己的岗位上尽自己最大的努力完成任务，那便会觉得快乐。

快乐其实无处不在，世界上每一个角落都充满着快乐。即使是做了一件很小的事，你也会觉得很快乐，因为那是你勤苦工作得到成功的结果。经历了漫长的过程，你的认真、你的付出有所值，于是让你有成功感，感受成功的快乐。无论是小孩堆城堡，还是你绞尽脑汁终于破解了一道难题，成功感的到来都会让你快乐无比。快乐就是在一件也许很小的事情中，你尽力地去办好它，快乐也就随之降临，快乐其实很简单。

世界上最大的快乐是什么？获得大笔财富？拥有最大的权力？享有最高的地位？非也，并非前面有个"最"字的便是世界上最大的快乐。由此看来，快乐也存在于平凡之中。教师在教会学生某个问题时，觉得那是最大的快乐；清洁工把城市打扫得一尘不染时，觉得那是最大的快乐；尽自己最大的能力帮助别人时，觉得那也是最大的快乐……快乐平凡而简单，平凡中也有快乐，快乐其实很简单。

画龙点睛

快乐就像一个使者，能让我们忘掉烦恼和痛苦，只要你用心去寻找，你就会发现快乐其实很简单。快乐是懂得放弃，放弃一些烦恼，放弃一些利益，你就能轻装上阵，就会与快乐结缘，就会发现快乐其实很简单。

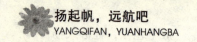
请把心放宽

　　人生偶有失意，在所难免，一向得意容易让人忘形；为失败哀怨，对现实不满也是无用之举，一切当以心宽化解之。

　　俗话说："不如意事十常八九。"如此人生岂不让人伤心透了？否。有句话你是知道的，叫"好事多磨"。我们应该有这个信念：失意是一种磨炼的过程，心即使在冰冻三尺之下也不会凉的。有瑞雪兆丰年之说，雪愈大，年愈丰。

　　"比海更宽的是天空，比天空更大的是人的心灵。"生活不论如何磨人，如何将你压缩在一个四方的小盒子里，但思维的空间是不受限制的，心灵的视野没有藩篱，无比宽广，任你驰骋，来去自如，生命的迷人之处就在这里！

　　站得高，你就看得远。红橙黄绿青蓝紫，七彩人生，各色不同；酸甜苦辣咸，五种味道，各有所好；喜怒哀乐悲恐惊，七种情感，品之不尽。没有一帆风顺的人生。如果一生无挫折，未免太单调、太无趣、太乏味。没有失败的尴尬和忍辱，哪来成功的喜悦？也许你就是忍受不了人情的冷暖和失败的打击，抱头哀叹，早已说过"不如意事十常八九"，你自己还会遇到，那就当它是横亘于面前的一块石头吧，摆正它，登上去，也许视野会更开阔、心胸会更豁达呢！

　　人很善良，常常把宽容给了陌路，把温柔给了爱人，却忘了给自己留一点。有一句话很有用，叫"没什么"。对别人总要说许多"没什么"，或出于礼貌，或出于善良，或出于故作潇洒，或出于无可奈何，或是真不在意，或是别有用心。不管出于什么，谁让生活有那么多不尽人意之处？如果你要劝解自己，也要学着这么说。缺少阳光的日子很忧郁，你要学会说"没什么"，失去朋友的生活很寂寞，你要学会说"没什么"。自己已经很累了，需要一种真诚的谅解，说句"没什么"，对你自己，对自己疲惫的心灵。这么说着，并不是让你放纵所有的过错，只是渴求自拔；也不是决意忘怀所有的遗憾，只是拒绝沉溺。自己劝慰自己才管用。

人有同情心，见别人伤心——除了敌人和仇家——自己也不会快乐，总要上前劝一劝。劝告是出于善心，言语也很有哲理，然而听的人未必都能听得进去，听进去了也未必照此行事，因为剧痛使人麻木。有位女作家说："我不劝任何人任何事。解铃还需系铃人，自己心上的疙瘩只有自己亲自动手方可解开，朋友的话，善良人的话都只是催化剂。自己才是起决定作用的因素。"

总之，失意在所难免，权且把心放宽。

 **画龙点睛**

失意并不可怕，可怕的是自己沉迷于失意的阴影中不能自拔。人生总是在得意与失意之间徘徊。得意时要看淡，失意时要看开。不灰心，莫止步，泰然面对，寻找人生的出口。我们不是刘邦，但我们也需要一颗强大的心。失意之时，把心放宽，心宽了，天地自然就任你驰骋。

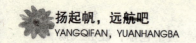
倒出鞋里的沙子，让人生之路更轻松

著名诗人伏尔泰曾经说过："让人疲惫不堪的不是远方的高山，而是鞋子里的一粒沙子。"

走在人生道路上的你必须要倒出鞋里的沙子，否则有一天你会输给这粒微不足道的沙子。生活中有时候巨大的挑战并不会打垮你，而一些像沙子一样的琐碎之事则有可能将你打倒。

"千里之行，始于足下"，一个人要想有所成，就必须从小事做起。"天下难事必作于易，天下大事必作于细"，老子这番话精辟深刻，它告诫人们：要想成就一番事业，就要从简单的事情入手，一个不把细小事情放在眼里的人，永远不会成就大事业。

沙粒虽小，在人生的道路上却有着重大的影响，它往往会阻碍人们前进的步伐，制约人们的发展。其实，沙子就如同我们生活中总也改不掉的坏毛病、坏习惯。在我们眼中，这些坏毛病和坏习惯不妨碍我们的前进，不妨碍我们取得成功，看上去微不足道。殊不知，正是这些毫不起眼的坏习惯、坏毛病，使得我们经历一次又一次的失败，它们表面看上去很渺小，实际上却深深地毒害我们，让我们一次又一次与成功擦肩而过。正如长了歪枝的小树，只有砍掉歪枝，才能茁壮成长变成参天大树。一个不起眼的坏毛病、坏习惯，也许会成为你的败笔，影响着你的一生。

我们的生活就是这样，让你感到累的不是远处的高山，而是自己鞋里的一粒沙子。我们总是千方百计地去想如何攀登高峰，却不曾想着弯下腰将鞋子里的沙子倒掉。事实上，面对生活只有脚踏实地，一步一步向前走，才能有所成就。让我们感到激动的是取得成功后的喜悦，让我们心情沮丧的是挫折，让我们懊恼的就是鞋里的那一粒沙子，正是这个被我们忽略的细小沙子，导致我们身心疲惫、心力交瘁，让成功离我们而去。

其实在人生的路上，自己才是最大的绊脚石，如果我们能将困难、坎坷、挫折、打击看得洒脱一些，用乐观积极的心态去面对，就必然会创造出一番成就。

有一天上帝带来几个问题，分别向悲观和乐观的人问道："希望是什么？"

悲观的人说："希望是地平线，看得到却走不到。"

乐观的人说："希望是启明星，它带给人曙光。"

上帝问道："风是什么？"

悲观的人说："风是浪的帮凶，把你埋葬在大海里。"

乐观的人说："风是帆的朋友，帮你到达胜利的彼岸。"

上帝问道："生命是不是花？"

悲观的人说："生命是花又怎样，花谢了也就永远没了。"

乐观的人说："生命是花，它谢了却留下了果实。"

上帝问道："向前一直走会怎样？"

悲观的人说："向前一直走碰到的是坑坑洼洼。"

乐观的人说："向前一直走看到的是柳暗花明。"

上帝问道："春雨好不好？"

悲观的人说："一点都不好，春雨会让野草长得更疯狂。"

乐观的人说："春雨好，它会让花儿更鲜艳。"

上帝问道："给你一片荒山，你会怎样？"

悲观的人说："给我荒山，我只能建一块墓地。"

乐观的人说："给我荒山，我要全部种上绿树。"

……

因为这一场争论，上帝送给他们不同的礼物：乐观者的礼物是勇气，悲观者的礼物是眼泪。

自己的生活方式是可以选择的，为什么我们不选择乐观的生活呢？人生在世难免会受到打击和挫折，这时你不能怨天尤人，让悲观的心态阻碍你的前行。胸怀不宽广，就不能容纳异己；不虚心接受批评，就意识不到自己的错误，自然也就不能取得成功。只有把鞋子里的沙子倒掉，才能站在高山上。

成败只在一瞬间，瞬间的迷离、瞬间的疏忽、瞬间的倾颓，这些都是阻碍你成功的"绊脚石"。也许你没有高人一等的悟性，但你要知道，自己无法登上高山，不是因为体力不支，而是由于鞋子里的沙子，只要将沙子取出便可继续前进，不然这粒不起眼的沙子会把你的斗志一点点消磨掉，直到你的斗志尽失。生活中有多少事情因那一粒沙子而失败，所以人生的道路上，请不要忽略鞋里的那一粒沙子，发现了要及时将它倒出来，不要等到已经失败了，再回头倒沙子，那时一切为时已晚。

要想顺利地前进，必须做到发现沙子立即倒出。如果当年唐玄宗能及时倒掉"安、史"这两粒沙子，那么就不会有后来的安史之乱；如果楚平王能及时倒掉"费无忌"这粒沙子，那么楚国上下本可保有安宁之日……

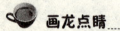
画龙点睛

我们要认真做一番自我检查，看看前进的路上是否存在这样的沙子阻碍你的成功，如果有，请及时将其倒掉，这样我们就会心无杂念，更好地面对人生。只有学会倒出鞋里的沙子，我们才会在人生的道路上走得更远。

放得下是人生的一种境界

为什么有的人活得很轻松、过得很快乐，而有的人却活得很沉重、过得很悲惨？因为快乐的人拿得起放得下，不快乐的人却拿得起放不下。所以说放不下是人生最大的包袱。人一生中不可能什么都能得到，当生活让你交出权力、抛弃爱情、放走机遇之时，你应该学会舍弃一些东西。

人生不如意之事十之八九，要学会给自己减压才能快乐，有时候学会忘记就是减压的一个好方法，人生需要拿得起和放得下。

人生其实就是一次长途旅行，在前行的途中会遇到各种各样的事情，经历各种各样的险境，如果把过去的一切都记住，那会增加许多的负担，进而变成累赘，使压力越来越大。为什么不学着忘记？一路走来，轻装上阵会让你活得更精彩。无论成功还是失败都是过去时，不能只是忘记失意时的尴尬和窘迫，还要切忌沉湎于过去的得意之事、不求上进。都说好汉不提当年勇，看来这句话非常有道理。一直生活在过去的痛苦中不能自拔的人更不足取了，过去的辉煌、荣誉、烦恼、痛苦等一切都要忘记，只有忘记这些才能活得更轻松，进而获得快乐，推动着你更好地前进。无论背负着过去的成果还是失败的阴影，都会让我们感到很累。

当然，生命中也有很多不能忘记的事，例如，记住别人对你的好、记住对别人的承诺、记住自己的责任等。

著名作家阿里，曾经和吉伯、马沙两位很要好的朋友外出旅游。当他们三人行至一处山谷时，由于山谷险峻，马沙一不小心脚踩空了，险些坠落谷中，幸亏吉伯及时拉住马沙，救了他。得救的马沙非常感激吉伯，正巧附近有块大石头，马沙就在大石头上刻下了一句话："某年某月某日，吉伯救了马沙一命。"之后三个好朋友继续向前走。几天之后，因为一点小事，吉伯和马沙两人吵得面红耳赤，最后吉伯竟然对着马沙的脸打了一巴掌。马沙很生气，于是在沙滩上写下一句话："某年某月某日，吉伯打了马沙一耳光。"当他们三人结束旅游回来后，作家阿里忍不住好奇地问马沙："你为什么要把吉伯救你的事刻在岩石上，而将吉伯打你的事写在沙滩上呢？"马沙轻轻一笑说道："刻在岩石上的事说明我会永远记住，而写在沙滩上的会很快在我的心里消失。我永远会记住吉伯救我，而不会记住他曾经打过我。"

我们做人就应该像马沙一样，永远记住别人对你的帮助，不要记住别人对你的不好。记住该记住的，忘记该忘记的，这才是积极洒脱的人生。

人生没有舍弃就没有选择，没有选择何来更好的发展？人生处处是风景，不能沉浸于过去的风景中停下脚步，因为前方还有更加美丽的风景等着你去发掘。生命之中的辉煌并不是在某一阶段才有，每一年都有阳光灿烂的春天，每一年都有硕果累累的秋天，忘记过去，展望未来，你的人生一定会更加美好。时常思考一下如何能更好地生活和工作，如何能更好地发挥自己的水平，如何能更好地为人处世，不要存在思考这些太早或太迟的想法，凡事都做到有备无患、防患于未然，这样会让你获益颇多。你需要给思想一双翅膀让它去自由飞翔，这样才能知道眼前的世界是多么渺小。只有走出眼前生硬的疆界，把目光放长远，才能有所发展，有所突破。

每个人来到世间都应该有所作为，而不是碌碌无为。要重视自己，欣赏自己，因为每个人的生命都同样伟大，没有高低贵贱之分。生活处处充满体验和成长的机会，身处险境更是你展示自己的好机会。生活在回忆里的人都是在白白浪费生命，虚度光阴。每个人都有选择生活的权力，选择活在过去的人永远不会快乐，更不会成功；选择忘记过去，着眼于未来的人才能成大事。

　　在现实生活中，有的人坚守最初的理想不放弃，这种矢志不移的精神固然让人敬佩，但是必须是正确的、有希望的道路。否则，就必须马上退出，另辟一条适合你的道路。坚守没有希望的道路，不但会让你失去发展的机会，更会让成功远离你。一件事不成功不能说明自己没能力，可能是选择的方向有问题。只有找到正确的目标，审时度势，才能做好选择。

　　可以说，人生在世拿得起是一种勇气，放得下是一种智慧。只有放得下，才能好好把握人生，才能卸下心中的包袱，从而活得轻松而幸福。

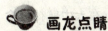 **画龙点睛**

　　如果一点鸡毛蒜皮之事就铭记在心，甚至耿耿于怀，这只会让痛苦的过去拴住你的双脚，阻碍你的发展。而总是不忘别人的坏处，其实也是在害自己，真正快乐的人都是那些心胸开阔、既往不咎的人。

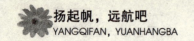
放眼未来，做深谋远虑之人

　　放下是一种深远的人生谋略，是一种深邃的智慧。在人生航行的途中，生命之舟载不动太多的东西，只有舍弃那些无用的东西，才能到达理想的彼岸，否则就会在中途沉没。

　　印度热带丛林里常常有猴子出没，这里的人们经常捕捉猴子，他们用的是一种很奇特的狩猎方式：在一个木制的小盒子里放上猴子喜欢吃的坚果，这个小盒子必须牢牢地被固定住，在盒子上开一个小口，其大小以能够让猴子的前爪伸进去为最佳。这样一旦猴子抓住盒子里的坚果，爪子就会拿不出来。这里的人们用这种方式经常捉到猴子，因为不舍得放下手里的东西是猴子的习性，这也是它们被捕捉的原因。

　　看到这里，你一定会笑猴子实在太蠢了，把爪子松开不就逃跑了吗？回过头来看看我们自己，还有身边的一些人，不正是经常会犯猴子那样的错误吗？

　　有些人放不下手里的名利、地位、待遇，每天忙碌不停，东奔西跑，不但耽误了工作还影响了身心健康；有些人放不下拥有的钱财，天天费尽心机，想着到处占便宜，最终是自作自受，葬送了自己的大好前程；有些人放不下手中的权力，行贿受贿，昧着良心做坏事，当事情败露后暗自落泪，后悔也为时已晚。尽管人们的奋斗都是为了获得，但有些东西是必须放弃的，比如名利、金钱、虚荣等。懂得放弃的人每天都以乐观的心态看待没得到的东西，他们每天都生活在快乐之中，而不懂得放弃的人每天只会活在焦头烂额之中，他们最终不会到达理想的彼岸。

古人云："天下人皆以取之为取，而不知以与之为取。"人生在世，要舍得放弃，放弃是一种深远的人生谋略，只有明智的放弃才有辉煌的未来。

有一个年轻人问富翁："你是如何获取成功的?"富翁什么也没说，而是把三块不一样大小的西瓜放在年轻人面前，问年轻人："每块西瓜代表着一定的利益，大块西瓜代表大利益，小块西瓜代表小利益，你选择哪块?"年轻人不假思索地说："我要最大的那块。"年轻人心想这么简单的问题连三岁小孩子都知道，只要不是脑子有问题都会选大的。富翁轻轻一笑，随即说道："那你就先吃那块大的吧。"富翁递给年轻人最大的那一块西瓜，而自己却拿起最小的那一块慢慢吃起来。过了一会儿，富翁便吃完了，之后他又拿起最后一块西瓜扬扬得意地在年轻人的面前晃了晃，然后笑容满面地大吃起来。年轻人愣了一下，但很快就明白了：年轻人吃了一块大的西瓜，富翁吃了两块小的西瓜，富翁吃的西瓜虽然小于年轻人的，但是却比年轻人吃得多。如果西瓜代表着利益，那富翁得到的利益就比年轻人多。西瓜吃完了，富翁也开始讲话了，他告诉年轻人，他的成功之道就是：要想成功就必须学会舍弃，只有先舍弃眼前的小利益，才能得到以后的大利益。

放下是一种智慧。人生之路并不长，拿得太多了就要放弃一些，一条路走了很久却看不到希望，就要选择放弃。我们不能把时间当作赌注全部押在一条路上，我们输不起。永不言弃让人听起来感觉多么伟大，但它却并非适合每个人、每件事。

只有舍得暂时放下不必在意的，才能顺利到达目的地，才能活得充实，才能体验到生活的真正美好。要想成为一名登山健将，就必须放弃白净、嫩滑的皮肤；要想亲手采摘一束清新的田野之花，就必须放弃安逸、舒适的城市生活；要想获取热烈的掌声，就必须放弃眼前的虚荣和权贵。因为背负太重，所以才举步维艰；因为不会放弃，所以才负担太多。放弃烦恼得到的便是快乐，放弃利益得到的便是轻松洒脱的人生。虽然放弃犹如壮士断臂般疼痛，但放弃是为了更美好的开始。放弃是一种明智的选择，是一种人生的宽容，敢于放弃的人是坚强的人，只有坚

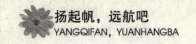
强的人才有希望实现理想，取得成功。

成功之人曾说过："我感谢 1 000 次的失败，因为它让我有了 1 001 次的希望。"只有勇于放弃，重新选择，你才会"柳暗花明又一村"。不被眼前利益所动，面对眼前的利益时能用智慧的眼光去看长远，这就是成功人士的作为。阿里巴巴网络的创始人马云，曾经靠蹬人力三轮车来维持生活，那时他只是一个车夫。如果他只看到眼前的那一点薪水，他就是一个平平庸庸的人。可是后来他放弃了这份用体力挣钱的工作，放弃了平淡无味的生活。经过努力拼搏，辛苦付出，成为了一名光荣的、备受人们尊敬的英语老师。在当时这已经是人人羡慕的职业了，可他依旧放弃了这份人人羡慕的工作，把长远的眼光投向了网络，开创了"阿里巴巴"网站。

功夫不负苦心人，阿里巴巴在马云的运作下名气越来越大，后来又收购了雅虎的中国部分，创造了一次又一次的辉煌。如果马云不懂得放弃，也就不会有今天的成就。

 画龙点睛

　　人一生之中会面临很多的选择，每次选择的前提就是要得到什么和放下什么，正确的放下便是成功的第一步，所以放下被称为一种深远的人生谋略。

不要太在意别人的看法

　　有些女人为别人的评论而活着，她们活得很累，也很蠢。享受自己的生活，不要受别人的消极影响。不管别人如何评论你，只要你自己觉得高兴、满足，你的生活就是幸福的。

　　罗丽身高不足 1.55 米，她的体重是 62 千克。她惟一一次去美容院的时候，美容师说罗丽的脸对她来说是一个难题。然而罗丽并不因那种以貌取人的社会陋习而烦忧不已，她依然十分快乐、自信、坦然。

　　罗丽在一家日报社工作。她于是有机会去许多以前不可能去的地方。她去阿斯科特跑马场报道那里的观众的情况的时候，遇到了一件事，这使她认识到那种试图以顺应世俗去表现得比别人优越的行为是多么愚蠢。

　　有一个矮小而肥胖的女人，穿戴得整整齐齐：高高的帽子，佩着粉红色的蝴蝶结的晚礼服，白色的长筒手套，手里还拿着一根尖头手杖。由于她是一个大胖子，当她坐下时，手杖尖戳进了地里。手杖戳得太深，一下子拔不出来。她使劲地拔呀拔，眼里含着恼怒的泪水。她最后终于拔了出来，但她却手握着手杖跌倒在地上。

　　罗丽看着她离去。她这一天就算毁了，她在大庭广众之下丢了丑。她没有给任何人留下印象，然而在她自己充满悲哀的泪眼里，她是一个失败者。

　　罗丽记得非常清楚，自己也经历过这样的情况。那时候，她还没有真正认识到：没有人在真正注意你的所作所为。许多年来，她都试图使

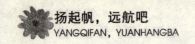
自己和别人一样，总是担心人们心里会把自己想成什么样的人。现在，罗丽知道他们根本就没有想过她。

罗丽还记得自己第一次跳舞时的悲伤心情。舞会对一个女孩子来说总是意味着一个美妙而光彩夺目的场合，起码那些不值得一读的杂志里是这么说的。那时假钻石耳环非常时髦，当时她为准备那个盛大的舞会练跳舞的时候老是戴着它，以致她疼痛难忍而不得不在耳朵上贴了膏药。也许是由于这膏药，舞会上没有人和罗丽跳舞，然而不管是什么原因，罗丽在那里坐了整整 3 小时 45 分钟。当她回到家里，罗丽告诉父母，自己玩得非常痛快，跳舞跳得脚都疼了。他们听到罗丽舞会上的成功都很高兴，欢欢喜喜地去睡觉了。罗丽走进自己的卧室，撕下了贴在耳朵上的膏药，伤心地哭了一整夜。夜里她总是想象着，在一百个家庭里，孩子们正在告诉他们的家长：没有一个人和罗丽跳舞。

有一天，罗丽独自坐在公园里，心里担忧如果自己的朋友从这儿走过，在他们眼里她一个人坐在这儿是不是有些愚蠢。当她开始读一段法国散文时，读到有一行写到了一个总是忘了现在而幻想未来的女人，她不禁想："我不是也像她一样吗？"显然，这个女人把她绝大部分时间花在试图给人留下印象上了，而很少时候她是在过自己的生活。在这一瞬间，罗丽意识到自己整整二十年光阴就像是花在一个无意义的赛跑上了。她所做的一点儿都没有起作用，因为没有人在注意她。

 画龙点睛

　　人生在世，一点儿也不在乎别人的看法那是不可能的，但是不要太在意，否则，会很累，也很无聊。不要太在意别人的想法，世上本无事，庸人自扰之。有许多事情的确是自己找出来的。只要自己心怀坦荡，百川能容，周围的世界也就会天高云淡，风和日丽。走自己的路让别人说去吧！

把怨恨留在身后

古人有云："正心、修身、齐家、治国，然后平天下。"可以说，心正是人的成功之本。而要正其心，就必须放下心中的怨与恨。因为，只有放下怨恨，才能更好的前进。

一个心宽体胖、内心充满了宽容的人，他的生活一定过得很平静、祥和、快乐与幸福。因为他不会被这样或者那样的事情所困扰，不会因为别人的中伤而让自己活在怨恨里，他会用一颗宽容的心，容纳别人对他的中伤、排挤与暗算。反之，一个内心充满怨恨的人，他想的绝对不是如何放下自己的怨恨，而是报复。当一个人的内心被邪恶的念头所占据的时候，他的脸上也会生出面目可憎的样子，而他的怨恨会让他对生活感到不满，他的朋友也会逐渐疏远他。所以，将怨恨放下，将宽容拾起，能够使一个人心态平和，同时这也是一个人具有人生大智慧的表现。因此，人们不应该执著于怨恨，而要学会宽容，当你宽容了别人的时候，你也会为自己的世界打开一扇窗，从而看到更美的天空。

从前有一个国王，他有三个儿子，这三个儿子都十分优秀，不管是待人接物，还是学识武艺，都令国王感到十分满意。因此，国王也十分苦恼应该把王位传给哪一个儿子。有一天，老国王将他的三个儿子叫到身前，对他们说："我已经老了，处理国家大事让我感到十分吃力，所以现在我要从你们当中选择一个人来继承我的王位，而你们平时的表现都十分好，因此，我要考验你们一番。你们去外面游历一年，一年后你们要回来告诉我，你们在外这一年做过的最高尚的事情是什么。只有那

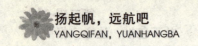

个做过了真正高尚的事情的人，才能继承我的王位。你们记住了？那么明天就出发吧。"

国王的三个儿子第二天一早便背着包裹纷纷出发了。一年后，三个人同时回到了皇宫，来到他们父王的面前。国王对他们说："你们已经在外游历了一年，肯定经历了许多事情，现在就把你们认为你们做过的最高尚的事情说出来吧。"

大儿子说："父王，在我出外游历的一年间，我曾经遇到过一个陌生人，在我和他共同行走三天后，他十分信任我，交给我一千枚金币要我带给他住在另一个城镇的儿子。当我游历经过那个城镇后，我将这一千枚金币原封不动地交给了他的儿子。"

国王听后点点头，但是并没有露出欣慰的笑容，国王对大儿子说："你做得很对，我为你的诚实守信感到骄傲。但是诚实是做人的基本道德，并不能称之为是一件高尚的事情。"

二儿子接着对国王说："父王，我外出游历曾经到过一个村庄，刚好在我居住的那天晚上，村庄里来了强盗，我冲上去和强盗斗争，帮助村民赶走了强盗，保护了村民的财产和生命安全，并且配合官府剿灭了这伙强盗。"

国王听后也点点头，对二儿子说："你做得也很对，那些村民会十分感谢你的。但是救人是你的职责，因为这些村民都是你的兄弟姐妹，你有义务保护他们的安全，所以这也称不上是一件高尚的事情。"

最后轮到小儿子讲述他游历中的事情，小儿子迟疑了一会儿，说道："在这一年的游历里，我的经历十分平凡，既没有遇到大哥这样诚实守信的事情，也没有遇到二哥这种需要我挺身而出、见义勇为的事情。要是硬要我说出一件事情的话，那也只有在我游历的时候，我不小心得罪了一个人，那个人千方百计地想要陷害我，置我于死地，有好几次我都差点死在他的手上。有一天晚上，我牵着马走在一座山峰的悬崖边，正好看到我的那个仇人睡在一棵大树下，当时只要我轻轻地一推，那个仇人就会掉落悬崖摔死，而我也就不用怕他会再来暗算我了。但是我没有那么做，而是叫醒了他，告诉他睡在这十分危险，并且劝告他继续赶路，早点离开这个山。因为看当时的天气像是快要下雨的样子，如果继续留在那里，可能会遭遇泥石流、山体塌方等危险。过了几天，当我路过一条河，下马准备过河的时候，一只老虎突然从我身后的树林里蹿出来，并向我扑过来。正当我感到绝望、认为自己一定会命丧于此的时候，我的仇人从后面赶来，给了老虎一刀，要了老虎的性命，我也因此获救。后来我问他为什么要救我，他对我说：'是你救我在先，你用你的仁爱之心、宽容之心化解了我心中对你的怨恨。当我发现我心中不再存有怨恨的时候，也发现了这个世界的风景是如此美好。所以你不但挽救了我的性命，还挽救了我的心灵，现在我有能力救你，又有什么不应该的呢？'这件事跟大哥和二哥所做的事情比起来，实在不能算是什么大事。"

可是国王听后却哈哈大笑了起来："我的孩子，你能够帮助你的仇人，不计较他先前对你的种种伤害，这件事就已经是一件高尚的事情，更何况，你还化解了他心中的怨恨，让这个世界上心中充满宽容与仁爱的人又多了一个，这怎么不是一件大事呢？从今天开始，你就要继承我的王位，我相信国家有你这样的君主，是国家之福，也是百姓之福啊！"

智者，放下怨恨。因为，怨恨会干扰人的判断而使人愚昧。战国时，鬼谷子的门生庞涓便是放不下对孙膑的怨恨，不断陷害，不断报复，不仅落得身死的下场，还连累魏国国力大衰。而三国时的诸葛孔明则是一个真正的智者。三顾茅庐可以称得上是万世佳话，却也使得孔明与关羽、张飞等人关系紧张。可是孔明没有对关、张的冒犯斤斤计较，而是放下怨恨，以理智的心态来指点江山，令蜀国平稳地度过无数难关，终于三分天下。智者，若是不懂得放下怨恨，"智"从何来？智者，放下怨恨，妙算神机。

智者，放下怨恨。因为，只有放下怨恨才能止于至善。生于春秋乱世的孔子是中国最伟大的人之一。他治国以仁，服人以礼，更是敏而好学，不耻下问，可谓奇才也。不幸的是，他虽然胸有大志，却从未受到过诸侯的重用。但是，他懂得"人不知而不愠"，从不怨恨世道不公，而是乐观而又坚定的"知其不可而为之"。终于，他成就贤名，桃李遍地，止于至善，流芳万世。智者，若是不能放下怨恨，"智"从何来？智者，放下怨恨，天人合一。

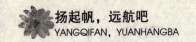

　　无论在何时，只有放下怨恨才能使人更好地前进。雨果曾说："世界上最宽广的是海洋，比海洋更宽广的是天空，而比天空更宽广的是人的胸怀。"只有放下怨恨，人们才能拥有比海洋、比天空更宽广的胸怀，才能站得更高，看得更远，想得更清，才能更好地前进。

 画龙点睛

　　所以说当一个人放下怨恨的时候，他会用自己的仁爱感动他人，用自己的宽容感染他人，只有这样，仇恨才能化解，烦恼才能减少；也只有放下怨恨，人们才能感觉自己的生活越来越快乐、轻松、幸福。

记着给心灵洗个澡

　　面对舍得，智者会选择放下过去，将自己从心灵的束缚中解脱出来，而愚者会沉浸在自己过往的失败与不安中，无穷无尽地烦恼着，他们画地为牢，给自己的心灵加上一层又一层的枷锁。但是人生是不断向前走的，一个人如果总是背负着过重的负担向前行进，那么这个人总有一天会筋疲力尽，失去许多欣赏沿途美景的机会。而智者会时不时地将自己的心灵清洗一下，将过去产生的没必要的负担扔掉，或者将那些负担转化为动力，成为自己前进中的一次助力，让自己更加轻松与快乐。

　　人生总是有烦恼，因为执著，人们对过去的许多成功失败，喜怒哀乐总是放不下，人们的心灵被负累，或者看不到生命中的美丽景色。所以，只有放下烦恼，为自己的心灵洗个澡，人们才能发现自己的人生是色彩斑斓、充满不同精彩的。

　　从前有一个青年，他脾气暴躁，哪怕只是一点小事都会让他火冒三丈。虽然他也知道自己的脾气不好，但是却不知道应该怎样控制。有一天，他听说有位灵智大师神通广大，只要有人向他求教，他就一定可以帮助那个人解决任何烦恼。于是这个年轻人便开始寻找灵智大师。终于有一天，年轻人找到了千里之外的灵智大师。他对灵智大师说："大师，这一路上我的感觉是如此的痛苦与孤独，长途跋涉让我疲惫至极，但我依然不得不打起精神继续上路。我的鞋子磨破了，荆棘割破了我的双脚，就连双手在攀登高山的时候也受了伤，血流不止。嗓子因为长期呼喊您的名字而嘶哑，但是为什么我如此虔诚，却还是感到如此痛苦呢？

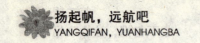

烦恼为什么没有离我远去？我为什么还是看不到阳光呢？"

大师没有立即回答年轻人的问题，而是指着他的心问："你的内心里都装着些什么？"

年轻人回答："我只记着每一次我被伤害后的愤怒、被误解后的怨恨以及被嘲笑后的不甘，我不时地提醒自己不要忘记自己曾经受过的伤害，以后我会将这些伤害加倍返还给那些人。也正是因为有了这种意念，我才能支持到今天，才有这个决心和勇气来到了您的面前。"

灵智大师听了年轻人的话后，带着年轻人来到了河边，他们坐船来到对岸。此时，大师对年轻人说："年轻人啊，你扛着船跟我一起赶路吧。"

年轻人万分惊讶，对灵智大师说："大师，船那么沉，我能扛得动吗？"

大师笑了，对年轻人说："是啊，孩子，这条船你是扛不动的。这条船就像是你身上的包裹一样，当我们过河的时候，船是有用的，当我们已经渡过了河，要继续赶路的时候，我们必须放下船行走，否则，背着这样一条船只会拖累我们前进的脚步，成为我们前进的包袱。你想要快乐，想要自己的生活不充满怨恨，那么你就放下你背上的包袱吧。生命的容积是有限的，生命所能承载的重量也是有限的，否则，就算是你访遍了天下的大师，你也不会感到一丝的快乐。"

年轻人听了大师的话后，静静地思考，觉得大师的话很有道理，他放下了心中的包袱，继续向前赶路，发现此时他行走得是那么轻松，他那颗一直烦躁的心也平静了很多，也因此感觉到自己的心灵就像是受了一次洗礼一样：干净、淡然。

要想让我们得到心灵飞扬，就首先要给自己的心灵洗个澡，因为快乐，不是机械地挪动你的面部表情，而是自内而外的改变你的心态，调节你的情绪，放飞你的心灵。所以放下过去的悲与喜，得与失，成与败，学会平静地接受现实，学会顺其自然，学会坦然地面对厄运，学会积极地看待人生，学会凡事都往好处想。这样，阳光就会流进心里来。放下一切不必在乎的，你的世界将会是一片和风霁月，快乐自然愿意接近于你，幸福感也将随之而来。

乔治曾任英国首相，在一次和朋友散步时，每走过一道门，他都要小心翼翼地把它关好。朋友纳闷地说："你用不着关这些门呀。""唔，应该的，"乔治说，"我这一辈子都在关闭我身后的门户。这是必须的，你觉得呢？当你关门的时候，所有过去的事都被关在后面了。然后，你就可以重新开始，向前迈进。"生活中我们能以乐观的态度去对待一切，好心情就会常伴我们。

爱默生经常以一种美妙的方式结束自己一天的生活。他对自己说："你已经做完了你能够做的事情。放弃你昨天做过的一些愚蠢荒唐的事情，明天将是崭新的一天，要好好地开始，使你的精神昂扬振奋，不至于使过去的错误成为未来的累赘。"他清楚地知道，一个人不应该以悔恨的心情结束一天。爱默生好比一个随时关门的人，他过完了一天就关闭一道门，把过去的事情统统忘掉。

要眠即眠，要坐即坐，是多么自在的快乐之道啊！倘使你总是吃饭时不肯吃饭，万般忧愁，睡眠时不肯睡，千般计较，我们又怎么能够快乐呢？放得下，想得开，放飞我们心灵的翅膀，享受生活的吉祥与美好。

 画龙点睛

生命如舟，我们的生命载不动太多的物欲和奢求。放弃那些根本不可能实现的梦想吧，不然，生命之舟就有沉没的危险。

活给自己看

我相信用心是最美丽的。

我从小就有着对文字的热爱和痴迷。因为意外的受伤失去了考取大学的机会，辗转着做了很多工作，起起落落中仍然没有忘记自己的渴望。三年前，我开始拾起落满灰尘的笔和对文学的梦想，将自己所有的空闲都倾注到了方格纸间。两年多的倾心与倾情终于换来了100余万字的作品散见各报刊，真正理解了"有梦真好"。

一次和几个圈内的朋友小聚，酒酣之中，朋友们纷纷劝说我，到哪家杂志社或报社做个编辑或者记者，总比介绍自己是自由撰稿人要多些神采。听朋友说得双眼放光，我不禁有些心动。世间的事情总是有说不清楚的时候，酒聚后不久，相继有两家杂志社的老总邀请我去做记者，权衡了一番，便去了一家生活类期刊。因为老总的器重和厚爱，工作任务只要求每个月交上三篇人物稿件就可以了，不用坐班，不用熬每天的8个小时，而薪水却很是可观。轻闲的工作让最初的我很是惬意，可没有几个月，我发现自己写稿子的时间越来越少了，仔细想想，原来时间都是被应酬杂志社方面的各种人际交往的酒宴剥了去。内心中的空落和疲惫感越积越重，每天心头都好像塞堵着什么。

每当我给电脑旁的水仙换水的时候，便似看到了自己，虽然拿着优厚的薪水，有着人们客气的握手，但内心却好像丢失了自己，总感觉自己的根无法触及到原来那块能够让我塌实的文字土地了。半年后，我谢绝了老总的挽留，重新让自己回到专注的创作中，渐渐地，空落消散了，充实又回来了。这才蓦然悟懂了那句诗的深刻与绝美："海，蓝给它自己看。"

充实生命的，是追逐目标的过程，只有剔除了各种诱惑和迷乱，才可能有一颗淡泊、明净的心去书写自己想着墨的人生。重要的不是活给别人的目光，是要活给自己的梦想。

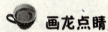 **画龙点睛**

很多人失败、痛苦是因为他们在为别人活，成功者总能活出真我的风采来。既然成败的后果只能由我们来担待，过程也要全然由我们来掌控，而不要活在别人的眼睛里、嘴巴中。

成功胜利由我们自己创造，失败挫折由我们自己承担，只有自己是我们生命的主宰。

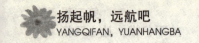
千金散尽还复来

　　"人生在世不称意，明朝散发弄扁舟。""天生我材必有用，千金散尽还复来。"面对得失，要从容潇洒，磊磊落落，心胸坦荡荡。只有放飞心情，才能看到另外的一番风景；只有放飞心情，才能够把握人生；只有放飞心情，才能让生活充实起来；只有放飞心情，才能让人生飞扬起来。

　　很久以前，一个老人挑着一根扁担，上面挂着盛满豆汤的壶。途中他不慎跌了一跤，壶掉在地上摔得粉碎，老人爬起后却若无其事地继续前行。一个人匆忙跑过来对他说："你不知道你的壶摔碎了吗？""当然知道。"老人回答。"那你怎么不转身看看该怎么办呢？""壶已经碎了，豆汤也流光了，你说我能怎么办？"壶摔碎，豆汤流光固然可惜，但毅然决定放弃无用的东西未必不是一件好事。生活中，人们首先要做的就是学会放弃。

　　我们要常怀一颗平和之心，以豁达的态度直面人生，学会用辩证的思维看待生活，勇于争取，善于放弃。

　　现代社会充满诱惑，做学问的总想搞出大而全的"体系"，做生意的惟恐遗漏任何赚钱的机会，就连吃喝宴请也要讲究"十全大补"和"满汉全席"……然而做什么都要选择，所以更需要在选择中学会舍弃，什么都不愿意舍弃的人其结果必然是对生命的舍弃。舍弃是一种勇气，也是一门学问。

　　诸多事实表明，成就事业，有时需要"面面俱到"，有时却要大胆舍弃。善于舍弃，包含着审时度势的智慧，当断则断的勇气，反映了一个人的素质和能力。两利相权取其重，两弊相权取其轻，扬长避短，发挥优势等，讲的都是这个道理。很多时候，适时的舍弃胜于盲目的执著，这能让人腾出时间和精力去做更有价值的事情。形象地说，这不过是把拳头收回来，准备再一次出击而已！

"鱼，我所欲也；熊掌，亦我所欲也。二者不可兼得，舍鱼而取熊掌者也。"鱼和熊掌都要，当然是最理想的，但这种可能性却是很小的。通常情况下，人们往往需要在鱼和熊掌中选择一个，而这也是对生活的选择。该出手时就出手，该舍弃时就舍弃，这就是生活，淡看人生得失。

有一个青岛商人在出货时发现急需缝制箱包的专用绳线不够用了，于是把电话打给河北白沟一个专卖绳线的人，要求他当天就把线发出。商人要赶在第二天晚上之前，把包缝制好，随船出口。卖线人不敢怠慢，赶紧把线带到霸州，然而等赶到霸州，开往青岛的车已走。卖线人赶紧打电话告诉商人，哪知商人急了，要他想尽一切办法也要把线运到青岛，如果这批货走不了，商人将血本无归。

这让卖线人很为难，因为对方要的线总价值才150元，他要是坐飞机去送，肯定是吃亏的。然而思量再三，卖线人最终还是选择了坐飞机把线送了过去，当他第二天上午11点出现在青岛时，商人早已等在了机场，而且热泪盈眶。卖线人没料到，从青岛回来后，竟有许多客户找上门来要和他做生意，这些客户大多是青岛商人介绍来的。

一位哲人说过："人生最远的距离是'得'和'失'，有失去才有得到，道理谁都懂得，可是要去做，却并不容易。"不容易在哪里？如果那个卖线人为了自己的小利而放弃这生意，他能有以后的诸多客源吗？答案当然是不能。舍弃有时候是痛苦的，有时候却是美好的。

有人说："人生之难胜过逆水行舟。"只有明白了失去之道和获得之法，并将之运用于生活、人生，人们才能从无尽的烦恼中解脱出来。

尘世中的人们，大都有"终朝只恨聚无多"的心理，无论做什么都只想得到，舍弃谈何容易？纵观社会，横看人生，有撑死的，也有饿死的；有穷死的，也有富死的；有能干死的，也有窝囊死的；有因祸得

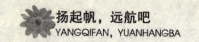

福的，也有因福得祸的。如此等等，不一而足。何时该获得，何时该舍弃，真是很困难，天下没有放之四海而皆准的真理，只有根据此时、此地、此情、此景去综合地考虑。但是人们考虑获得和合弃的时候大都有一个误区，那就是不能用辩证的哲学观点来权衡获得和舍弃的利弊得失。

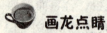 **画龙点睛**

你得到了事业，很可能就要失去生活；你坚持了原则，很可能就会失去朋友；你舍不得机关生活的安逸，就得不到下海冲浪的收获。什么都想得到的人，结果什么都得不到，就像熊瞎子掰棒子一样，到头来一无所有。舍弃有时会有峰回路转的效果。

真正的公平是不存在的

　　生活中，这样的现象时常发生：没有能力的人身居高位，有能力的人怀才不遇；事情做得少或不做事的人拿的工资要比做事多的人高。同样的一件事情，你做好了，老板不但不表扬还要鸡蛋里挑骨头，而另一个人把事情做砸了，却能得到老板的夸奖和鼓励……诸如此类的事情，会让我们气愤的抱怨说："这简直太不公平了！"

　　很多人都认为自己在承受着不公平的待遇，这让他们感到很受伤。这个世界本就没有百分之百的公平，你越是想寻求绝对的公平，就越会觉得别人对自己不公平。

　　小张和小徐同一天进公司，且被安排在同一个部门。

　　刚开始，小张和小徐没有什么两样。上下班打卡，迟到早退扣工资，有事不来要向人事部门请假……

　　可是一个月后，小张发现小徐经常不来上班。起初他以为小徐是发生了什么事情，也没觉得有什么不妥。可有一次，他在公司用 QQ 联系一笔业务的时候发现小徐也在线。小张出于好奇，问小徐："你今天怎么不来上班呢？有事吗？不来上班要扣工资的。"小徐只说自己有事，并没多说什么。小张出于好意问小徐要不要替他请假，小徐直截了当地告诉他不用，他从来没有请过假。

　　但是在发工资的那一天，小张发现，小徐的工资竟然和自己一样多，也就是说这一个月小徐迟到、早退、不来上班，却没有扣一分钱工资。

　　小张开始纳闷了，他想，难道是公司的制度有了变化？于是，他也学小徐，一周只来两三天，其他的日子去干别的事情。月底发工资时，小张吃惊的发现，工资竟然被扣掉了一半！

　　小张特别生气，他觉得太不公平了，于是气呼呼地去找财务理论。财务说自己只是按规定办事，让他找老板去说。

　　这时，平时和小张关系不错的一个老员工偷偷告诉他："你别去找老板了。你还不知道吧，小徐是他的外甥。"

　　小张听了，恍然大悟，原来如此啊！幸亏没去找老板，否则后果不堪设想。从此以后，小张再也不苛求所谓的公平了。

　　有时，追求公平往往不会有好结果，你看到的不一定能成为申诉的理由，所以不必愤愤不平。

　　现实中，绝对的公平是不存在的。不仅是职场，其他领域也是一样，这个世界不是根据公平原则创造的。只要看看大自然就会明白，世界对于弱者来说永远是不公平的，弱肉强食，优胜劣汰，没有公平可言。一味追求绝对的公平，只会导致心理严重失衡，变得浮躁不安。

　　许多时候的公平都是相对而言的，衡量公平的标准也不是固定不变的，当你换个角度来看问题时，你会发觉自己得到的比失去的要多。所谓的不公平只不过是进行比较后的主观感觉，所以只要我们改变一下比较的标准，就能够在心理上消除不公平感，生活是不公平的，我们要去适应它，接受它。

　　比尔·盖茨说："生活是不公平的，要去适应它。"就像选秀，你认为自己比其他人优秀，但最后结果是评委都没选你，你肯定觉得比赛有黑幕、不公平。

　　也许在工作中，你是最努力、业绩最好的那个，但偏偏在升职的候选名单上，领导把提名给了一个会拍马屁的人，而你还要继续做"老黄牛"，默默耕耘。你会觉得努力白费了，得不到领导的肯定。这样不仅会压抑人的良好心境，对健康也会产生不利影响，而且还会扼杀你的聪明才智与创造才能。

　　其实所谓的公平，无非是想得到认可与赞扬，是虚荣心在作怪。只要努力过，参与过比赛，享受过程就够了，结果只是锦上添花而已，得到大多数人的认可就已经是胜利者了。就算冠军给了你，虽然可以激动一段日子，但之后的日子也还是一样，"生、老、病、死"都一样要经历。所以，做喜欢做的事，享受过程的乐趣，不要只为了别人的评价而活。否则，你所做的每样事情都将是为别人而做的。

追求公平的心态阻碍了人们的正常发展，放下这种无谓的追求，才能迎来和谐的人生。那么，在遇到不公平的事情时，怎样妥善处理呢？

首先，不必事事苛求公平。这常常是人们心理受到伤害的原因之一。因为世上本就没有绝对的公平，如果事事都拿着一把公平的尺子去衡量，就是在与自己作对。

其次，设法通过奋斗和努力来求得公平。比如，有些人认为只要工作踏实肯干、业务能力强就应得到领导的青睐，把与领导搞好关系的举动错误地认为是溜须拍马。他们往往忽略了领导也是人，都需要得到别人的尊重与肯定，所以有些看似不公平的事，其实是自己不成熟的观念与言行造成的。

再次，改变衡量公平的标准。不公平只是你的主观感觉，只要从心底改变标准，就能消除这种不公平感。比如，这次没评上职称，觉得很不公平。可是如果换一个角度想，就会发现评选职称的名额有限，许多和自己条件一样，甚至强于自己的人也没评上，这样一想，也许你就心平气和了。

 画龙点睛

对生活中的小事看开一点，不要斤斤计较。已经过去的事情不要耿耿于怀，把精力和时间放在创造新的价值上。这样，也许就单个事情来说不一定公平，但整体上说就公平了。

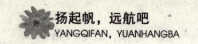
勇于放下，你才会成为真英雄

选择永远是艰难的，面对选择能够做出放弃决定的人，不管是出于无奈还是主动，都表明他是明白事情轻重缓急、明白面对大是大非该如何抉择的人。这样的人，可以说是值得别人敬佩的。

面临选择的时候，很多人都不知道自己应该怎么去做，于是在迟疑中失去了选择的最佳机会，不仅熊掌没有得到，就是鱼也溜走了。因此，面对选择，要果断放弃一方，这样即使到最后，当你发现自己手中并非握有熊掌而是鱼的时候，也不用觉得后悔，因为你至少有收获，而不是两手空空。人们面对的选择，纷纷扰扰，如同乱花一般迷人眼，但应该就像是佛法中所说的那样："弱水三千，只取一瓢饮。"

佛祖在菩提树下问一个中年人："在世俗的人们看来，你有钱、有权、有势、又有一个疼爱你的妻子，你的生活应该是一流的才对，为什么你现在还这么不快乐呢？"那个人回答佛祖说："正是因为这样，我才不知道应该如何取舍，放弃其中的哪一个。"

佛祖一笑，给那个人讲了一个故事。有一天，一个游客在沙漠里旅行，他已经好几天没有喝到水了，很快便会因为缺水而亡。佛祖看到了，怜悯这个游客，将一座绿洲置身于此人面前，但此人虽然口渴至极，却依然滴水未进。佛祖感到很奇怪，问这个游客原因，游客回答道："这座绿洲的水这么多，而我的肚子那么小，怎么能够一口气将它喝完呢？既然如此，那么还不如一口都不喝呢。"佛祖听后，对那个游客说："你记住，你的一生中会出现很多美好的东西，但是只要你能够用心把握住其中一样就足够了。弱水三千，只取一瓢饮。"

其实一个人的一生中真正需要用到的东西并不多，就算一个人拥有再多的荣华富贵、再高的权力地位，到头来，也不过是一日三餐，占据一床之地，最后终归逃脱不了入土为安的结局。人生，一个知己，一个温馨的家，一个健康的身体，都能让人们觉得满足。因此，放弃一些自己并不需要的东西，反而能够让人更好地活在当下，把握当下。

很多人害怕放弃他们所拥有的，即使那些东西并不属于他们，但是在潜意识里，他们认为这些东西就是自己的，因此，他们不敢将那些东西放弃，任由这样的忧虑侵蚀自己，让自己日夜难安。其实放弃并不是一件很困难的事情，它只需要你勇敢一点点，能够忍受住失去时候的小小痛苦，当你真正放弃后，你会发现其实痛苦并没有你想象中那么巨大。

生活中很多事情都是被选择的结果，每一个被选择了的事情，它的反面一定是有着一个或者几个放弃。比如说，每一个学生在毕业后都会面临着是工作、继续深造、出国留学，还是到西部支教做个志愿者等选择。在这些选择里，你必然只能选择其中一条路，同样的，你也必然放弃了其他几条路。可以说，只有你放弃了那几条路，你才能继续向前走，才能创造出自己的价值。但是，如果在选择面前裹足不前，则是在白白浪费时间。

每个人都希望成为一个大英雄，成为对社会、对世界具有影响力的人。就像是比尔·盖茨那样，在大学期间他选择放弃学业，创建微软，于是他成就了今天的软件王国，影响了全球计算机行业的发展。

2008年5月12日14时28分，四川汶川、北川发生大地震，这是新中国成立以来破坏性最强、波及范围达到50万平方千米的一次大地震，这次地震遇难人数达69 142人，失踪17 551人。

2010年4月14日晨，青海省玉树县发生两次地震，最高震级达7.1级，在这次地震中，3 698人遇难，270人失踪。在这两次特大灾难中，涌现出许多普通人通过放弃自己的利益来帮助他人的英雄事迹。

首先就是我们最可爱的人——中国人民解放军，他们是第一时间赶到受灾地区进行救援的，同时又是最后离开的。这些解放军大多数都是二十岁左右的年轻人，他们为了履行自己的义务，放弃了享受自由、安逸的生活，来到军队。在国家遇到危险及灾害的时候，他们永远是第一个冲在前面的人。像这次的汶川地震、玉树地震，他们便是战斗在最前方的主力，默默地进行挖掘救人工作，在山体断层不稳定、可能会带来生命危险的情况下，他们为汶川、玉树等受灾地区清出一条条生命之路，他们用自己的双手，救出了一个又一个被掩埋在废墟下的人。而当他们累了的时候，就原地休息一会儿，马上又冲到前方继续紧张的开始营救工作；困了，就席地而睡，将他们的铁锹当成枕头。可以说，正是因为他们无私地放弃自己的休息、自己的自由，才有了那么多生命被及时抢救出来。

还有许多在灾区忙碌的白衣天使，他们凭借精湛的医术、丰富的经验，挽救了一个又一个濒临死亡的人的生命。他们中的很多人放弃了自己的休假，放弃和家人团聚的时间，还有更多的人，是专门和自己医院的领导请假，受到医院大力支持后，赶到这里为灾区人们服务的。明知震后的灾区环境极度不稳定，他们却毅然选择前往，为了能让更多的受难者早日得到医治，他们放弃了自己的个人安危，此时，有谁能说他们不是天使呢？如果没有这些医生和护士的帮助，那些被救出来的人，也会有许多人会因为感染而死亡；如果没有医生的帮助，受灾地区很容易出现瘟疫，使得灾区的情况雪上加霜。可以说，正是由于这些医护工作者的无私放弃，才拯救了如此多的受难者，让他们脱离了生命危险，脱离了伤病的困扰。因此，又怎么能说他们的放弃不是一种勇敢的选择呢？

此外，那些前来贡献自己力量的志愿者自然是不能被忘记的。他们有的是学生，有的是公司职员，还有的是退休的大爷大妈。他们得知灾区的情况后，都在第一时间前往受灾地区，希望能够为灾区人民贡献自己的绵薄之力。比如，唐山的13位农民，或许是因为唐山同样也经历过大地震，他们在5月12日下午，即汶川地震发生后，几经辗转来到了灾情最严重的北川，成为最早进入北川的志愿者。他们与解放军、武警战士一起，用最原始的铁锤砸、钢钎撬、徒手挖的办法，抢救出25名地震幸存者，挖出了近60名遇难者的遗体。

　　还有国内外千千万万关注着受灾地区的人们，尽管他们因为这样那样的原因，无法到达灾区亲手实施援助，但是他们却通过多种途径为灾区贡献自己的力量，捐衣赠粮。

　　因此，即使你只是一个普通人，手里既没有千万家财，也没有多大的权力可以翻云覆雨，但是你依然可以成为英雄，因为你的勇敢使得你能够走出困境、打击恶势力、与不公作斗争。

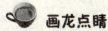 **画龙点睛**

　　或许，许多人的放下，也是一个美丽的选择。也许我们的选择不会撼天动地，却是我们最诚意的付出。只要你是个有目标、有理想、有志气的人，只要觉得正确的，就勇敢地放下，也许这个不起眼的放下造就了一个哪怕是自我世界里的英雄。

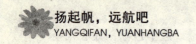

放下完美的追求

  人生不会有绝对的完美存在，或者说人生从来没有完美过，也正是因为人生的不完美，所以才显出人生的多姿多彩、悲欢离合，才会有这么多感人的故事发生。

  在佛教中，这个世界被称为是一个"婆娑世界"，意思就是这是一个能够忍耐许多缺憾的世界。在人的世界里，不完美才是完美，如果完美，便成了真的缺憾。

  从前有一个圆，它的一个边破损了，因此，它总是想找到那个不知道掉落在哪里的碎片，因为它觉得自己现在这个样子非常丑陋，总想变回从前那个漂亮的圆。因为它缺少了一边，所以滚动得十分缓慢，但是它却因此享受到花开的芳香、听到了鸟儿的歌唱、看到了四季的美丽变化、与虫子交谈。在寻找的过程中，它找到了许多不同形状的碎片，但是都不是它的。有一天，这个破损的圆终于找到了它丢失的碎片，终于实现了自己的愿望，成为一个完整的圆。只是，当它成为一个圆的时候，它却滚动得太快了，它再也无法闻到花开的芳香、无法悠闲地聆听鸟儿的歌唱，当它意识到它失去了这一切的美好的时候，它果断地舍弃了自己历经千辛万苦才找回的碎片。

  人生就是这样，就像是那个圆一样，有缺憾才能领略到美丽的风景，一旦变成了一个圆，就会发现自己因为滚动得过快而失去了过往那份闲适。可以说，缺憾实际上是完美的另一种体现。在生活中，人们没有必要因为缺憾感到可惜与忧愁，而是应该积极地面对人生、面对生活。因为缺憾可以让人们看到人生的另一面，看到另一个美景，这样人们才会发现，正是由于缺憾人们的生活才变得完美，而没有缺憾的人生是乏味的、无趣的，只有有缺憾的人生才能带给人们历久弥新的感动。就像是断臂的维纳斯能够成为影响至今的伟大雕塑一样，正是因为她的不完美，所以才让人感觉到这尊有残缺的雕塑是从古至今任何一座维纳斯都无法超越的。

断臂的维纳斯雕像是一位希腊农民伊奥尔科斯在 1820 年刨地的时候发现的。据说这座雕像出土的时候，是有双臂的。出土时的维纳斯右臂下垂，手扶衣襟，左手上臂高举过头，手里握着一只苹果。伊奥尔科斯挖出了这尊维纳斯雕像的消息传出后，当时法国驻希腊米洛领事路易斯·布勒斯特立刻赶往伊奥尔科斯的住处，在观看过这尊雕像后，他当即表示要以高价购买这座雕像，面对重金，伊奥尔科斯毫不犹豫地答应了他的要求，但是由于布勒斯特来得十分匆忙，因此他并没有带着足够的现金，无奈之下，只能派自己的随从居维尔连夜赶往君士坦丁堡向法国大使报告，并申请一笔巨款用于购买维纳斯雕像。大使听完居维尔的报告后，立刻命令秘书带一笔巨款随着居维尔连夜前往米洛伊奥尔科斯的住处收购维纳斯雕像。但是到了那里，才知道伊奥尔科斯已经将雕像卖给一位希腊商人，此时雕像已经装船准备外运。居维尔得知后当即决定武力夺取维纳斯雕像，绝对不能让雕像落入其他人手中。当英国得知这一消息后，也派舰艇前来加入这场争夺战，至此双方展开了激烈的战斗。在战斗当中，维纳斯的双臂不幸被砸断，从此，维纳斯成为了一个断臂女神，也正是因为维纳斯这样的残缺美感，才引得世人对她的手臂姿势产生种种遐想。维纳斯这样的缺憾，反而铸就了她的完美。

但近几年来有传闻说维纳斯之所以没有双臂，是因为维纳斯的断臂是一双"男人手"，而且是一双像水管工人一样的手，所以维纳斯的作者才故意将其双臂断掉。据资料显示，2003 年 8 月 5 日，断臂了 180 多年的维纳斯的神秘双臂终于被找到了。人们猜测了很久的双臂据说是在克罗地亚南部的一个地窖中找到的，直到今日，这双断臂才重见天日。但是当人们见到了期待许久的断臂的时候，却纷纷大感失望，因为近乎完美的维纳斯的双臂居然长着一双"男人手"，而且这双"男人手"很

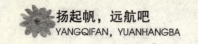
像一名水管工人的手。人们无法相信这个事实，认为这一定是个恶作剧，于是人们将这双断臂火速送往巴黎的卢浮宫，当这双断臂与维纳斯的雕塑拼在一起的时候，却是十分吻合。随后，卢浮宫管理员又做了碳元素的测定，确定了双臂上的物质与维纳斯雕塑上的物质时间吻合、原料吻合，甚至里面的小分子都十分吻合。这样的结果在艺术界掀起轩然大波，丝毫不亚于8级大地震。人们无法相信，完美的维纳斯居然长着这样一双手。多年以来，许多的艺术家为维纳斯想了不同的断臂姿态——手举苹果、灯、衣服或者是手指指向各个方向等。但是经过多次的讨论协商后，人们发现，如果将手接上，维纳斯就不再是一个艺术品，而是一个普通的雕塑。因此，人们猜想正是由于这双畸形的手臂令人感觉不舒服，所以维纳斯的作者才会将它们从雕塑上取下来，才造就了这样一个完美的断臂维纳斯。

可以说如果当时维纳斯的双臂没有断掉，那么它就不可能成为一个经典的雕塑，成为完美的代表。正是由于人们没有固执地一定要维纳斯的身形保持完整，将各种各样的手臂安在维纳斯的身上，而是果断放弃了那些看似美好的愿望，才使得维纳斯的断臂至今仍然带给人们无数的遐想。

人生正如同维纳斯雕像一般，正是因为有许多不完美的地方，有这样或者那样的缺憾，所以才会显出珍贵。也正是因为有缺憾，才能更加凸显出另一种完美。因此，放弃事事追求完美的想法，你会发现缺憾实际上也是一种完美。

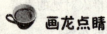 **画龙点睛**

过去的一切只能代表过去，未来对于每个人来说，都是一张白纸，如何书写，还得看我们自己。人生就是如此，在痛苦的时候也要潇洒地整理好衣襟，抬头向前。这是人学会告别过去的一个方法，如果我们老是停留在原来的位置，过去的烦恼就会一直困扰着我们，成为前进的绊脚石。

钻石就在身边

在美国费城，6 个高中生向他们仰慕已久的牧师请求："先生，您愿意教我们读书吗？我们想上大学，但是我们没钱。我们中学快毕业了，有一定的学识，您肯再教教我们吗？"

这位牧师叫康惠尔，他答应教这 6 个贫穷的学生。同时他又暗自思忖："一定还会有许多年轻人没钱上大学，他们想学习但是付不起学费。我应该为这样的年轻人办一所大学。"于是，他开始为筹建大学而募捐。

当时建一所大学大概需要花 150 万美元。康惠尔四处奔走，在各地演讲了 5 年的时间，但是让他没想到的是，5 年辛苦筹募到的钱还不到 1000 美元。康惠尔深感悲哀，情绪低落。有一天，他突然发现教堂周围的草枯黄得东倒西歪。他问园丁："为什么这里的草不像其他地方的草长得那样好呢？"

园丁回答说："你觉得这地方的草长得不好，主要是因为你把这些草和别的地方的草相比较的缘故。我们常常看到别人美丽的草地，希望别人的草地就是我们自己的，却很少去整治自家的草地。"园丁的一席话让康惠尔恍然大悟，他跑进教堂开始撰写演讲稿。

他在演讲稿中指出：我们大家往往让时间在等待中白白流逝，却没有努力工作使事情朝着我们希望的方向发展。

他在演讲中讲了一个农夫的故事：有个农夫拥有一块土地，生活过得相当不错。但是，当他听说可以找到埋有钻石的宝库时，他就想，只要有一块钻石就可以富得难以想象。于是，农夫把自己的地卖了，离家

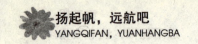
出走，四处寻找可以发现钻石的地方。农夫走向了遥远的异国他乡，然而从来没有发现过钻石，最后，他一贫如洗。有一天晚上，他终于在海滩自杀身亡了。

真是无巧不成书。那个买下这个农夫土地的人，在散步时无意间发现了一块异样的石头，拾起一看，它晶光闪闪，反射出光芒。仔细察看，发现这就是一块钻石。这样，就在农夫卖掉的这块土地上，新主人发现了从未被人发现的钻石宝藏。

这个故事是发人深省的，康惠尔写道：财富不是仅仅凭着奔走四方就能发现的，它需要自己往深处挖掘，那样你才属于相信并依靠自己能力的人。

康惠尔作了 7 年这个关于"钻石宝藏"的演讲。7 年以后，他赚得了 800 万美元，这笔钱大大超出了他想建一所学校的需要。他建立的学校到今天还耸立在宾夕法尼亚州的费城，这就是著名的坦普尔大学。

 画龙点睛

　　钻石就在身边，就像机会就在身边一样，财富始终围绕着想拥有它的每一个人。但人们往往缺少一种发掘自身潜能的勇气与耐性，其实只要你相信自己并努力地深入挖掘，尽自己所能，倾己所有，身体力行，成功便会触手可及。不要临渊羡鱼，人生的价值本就在于发现，我们应努力发现自身的优势与潜能，开拓出一片属于自己的天地。

人生的秋千

　　有人把人生比作秋千，正是因为人生也像秋千一样，有高有低，有起有落，所以人生才会充满精彩。因为有梦想，我们喜欢追求，喜欢探索，希望不断去发现更大的世界。因为这样，我们就会得到很多所期盼的东西，与此同时也会失去一些东西。

　　记得小时候，家里有一个很大的果园，果园里长着一棵高大的梨树，我总是趁着奶奶不注意的时候，爬到树上摘下一个吃，因为我太喜欢那味道了。所以在爬的时候真的忘记了奶奶的责备，只想着那一个个美味的梨子。当我爬上去终于摘到了梨却不小心摔下来的时候，我坐在地上，看着浑身沾满的泥土和摔出的伤痕，此时眼泪已经流了出来。再看一旁的梨子，我却不再认为那是最好吃的，而觉得它很可恶，让我摔成这个样子。这样一个小故事告诉我们，人生这个秋千，我们每个人真正在享受的是秋千的乐趣，享受起伏之间的畅快心。如果我们一味追求的只是某个高度，永远的停留在那个高度，那样跟我们停留在原地又有什么区别呢？如果每个人都是这样只追求结果，而忽略了其中的过程，那我们每个人都永远达不到所期望的高度。

　　毕竟一切生命都将有终结的一天，最后我们每个人得到的多少却不能衡量你的人生就是完美的。最重要的是，你曾经看到了多少，发现了多少，懂得了多少。

　　有的人只愿看到美丽的东西，却一直在回避不完美的东西，却不知，正是因为那些不完美，才让我们懂得如何审视我们周围的美丽。

一样东西，一个梦想，一种新的美丽不是因为它原本就是美丽的。也许它一直就是那个样子，只是看你如何去看待它们的存在将会带来什么。一个不曾失去过的人，就不知道珍惜一样东西是多么的美好。有些东西不一定我们拥有了，就代表我们是幸福的。要明白，我们为什么会拥有，因为拥有，我们曾经又失去了什么。你在寻找的过程中，你失去了什么，又想得到什么。就像一名战士，虽然他看不到最后胜利的那一天，但是在他流尽最后一滴血倒在血泊中时，他却不曾后悔，因为他做到了，他看到了自己的付出，看到了有那么多像自己一样的人在为了这个心愿执著的付出着，因为这样他不会担心未来。

正是因为一个个曾经刻骨铭心的故事，在如斯的岁月中才会缔造出一双美丽的眼睛，我们用这双美丽的眼睛，才会看到更多美丽的东西。也许那些东西对于自己只是很平凡的，甚至是阻碍自己的，但是你都将它看作一块幸福的试金石，用它所散发的光芒去捕捉幸福的契机。

每个人都会有梦想，但我们回望去，曾经有多少的梦想，如今的你已经实现了呢？但是为什么有些人却依然是那么快乐呢？因为他们发现，原来最美丽的永远也不会停留在某一个点，它可以是丰富的，就蕴藏在这段过程中。有很多人都喜欢四叶草，因为它有一个这样美丽的传说。传说，谁找到四片叶子的四叶草就会得到幸福。但是一万株四叶草中才会有一株是四片叶子的，那是不是其他没有找到四叶草的人就不是幸福的呢？当然不是的，他们一样很幸福，因为他们同样用心的去寻找过幸福，同样在寻找的过程中经历过很多难忘的故事。

我们的人生需要的不只是一个个美好的期许，同样也需要一些磨难的点缀，这样才能证明我们的美好生活原来得来是这样的不易，生活是这样的充满精彩。

画龙点睛

幸福其实很早就已经来过了，在你寻找它的时候，你已经懂得什么是付出，因为失去又懂得了什么是珍惜。无论最后你手中握着的是什么，请不要转移你的视线，你的幸福就在你的手心里，那就是你的幸福，你的幸福就是你满怀于心的。

唱走悲伤的男孩

　　布鲁的父亲在离家去城里找工作前，对他说："儿子，记住我的话，照顾好自己，我会尽快回来的。"

　　父亲走后的每天早晨，布鲁都会看看儿时母亲为他缝制的那件蓝色外套。那是母亲送给他的最珍贵的礼物，曾带给他很多温暖，但现在他都穿不下了。父子俩尽管生活艰辛，布鲁却依然很乐观。"儿子，把悲伤唱走。"父亲告诉布鲁，他不用"麻烦"这个词，倒喜欢用"悲伤"。布鲁说，"爸爸，这个词听起来更好些。""你长大了，是个聪明的大男孩了！"父子俩紧紧拥抱在一起。

　　"儿子，你妈妈在临终前轻声对我说，'亲爱的，你还记得我们在蔚蓝的天空下散步，边走边许愿吗？我们多么热爱这样的生活啊！所以我就为我们的宝宝缝制了一件蓝色外套，你可以帮我给他穿上吗？'然后，你妈妈就抱着你，继续说道，'他穿上这件蓝外套真的好漂亮。亲爱的，请告诉他，我很爱他，不论他在何方，我都会永远守护着他。你是一个出色勇敢的丈夫，让我们的孩子也像你一样吧。那就给他取名叫布鲁吧。'你妈妈太虚弱了，连说话的力气都没有，只是轻轻地点点头，甜甜地笑着。她抱着你，静静地去了。"

　　人们往往在吃饱后，就会开心地唱起歌来，但布鲁却不是这样的。天气很冷了，他的鞋子还有破洞。他只有一小碗米粥，那也是他的父亲留给他的。布鲁知道父亲常常饿着肚子，但父亲总在桌上留一小碗稀饭给他。布鲁总是很忙，他要去森林拾柴火，也时常记起父亲说的话，

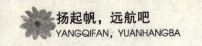

"把你的悲伤唱走，坚信一切都会好起来吧。"于是，布鲁边拾柴火边开心地唱着歌。天空飞过的鸟儿，听到布鲁的歌声，也欢快地唱了起来。

一天，一个陌生人注视着布鲁，但他却完全没有注意到那个人，直到那个人喊他时，布鲁才抬起头。"孩子，你为什么唱歌？你不冷吗？"布鲁答道："我冷啊，但是忙起来就暖和了。""你那么瘦，一定很饿，衣服破烂不堪，肯定不快乐。既然这样，你还唱什么歌？真好笑。""一点也不好笑，我要唱走悲伤，我对自己说，我是最幸福的男孩。我确实很快乐！"

"是吗？那你能帮帮我吗？我儿子一天到晚哭。他要什么，我就给什么，但他还是不开心。我想请你来给他唱歌，并把你快乐的秘诀告诉他。你确实是个勇敢的小男孩！"陌生人请求道。

布鲁点点头，"我把柴火送回家我就来。家里有了柴火，父亲回来，我们就能取暖了。我不停地唱，心也跟着唱起来，我真的没什么秘诀。"

陌生人把布鲁带到森林中的一栋大别墅。华丽的房间里，一个病快快的男孩躺在柔软光滑的沙发上，红肿着眼睛，像是刚哭过。他愤怒地看着父亲，盯着布鲁。"你是谁，你看起来很冷，为什么还笑得出来？"

男孩的父亲拉着儿子的手，告诉他，他在树林里听见布鲁唱歌，尽管他饥寒交迫，却仍很快乐。

布鲁走近男孩，问道："想听我唱歌吗？想听我就唱。"布鲁唱了起来，男孩笑了，他能感觉到布鲁是在用心唱。"好动听的歌啊！"男孩叫道，"你能留下来教我唱歌吗？那样我就不会这么忧伤了。""我很高兴。我叫布鲁，你呢？""我叫平，是和平的意思，但我总哭，从不让父亲安宁。"于是布鲁唱歌，并告诉平"和平"的真正含义，教他如何快乐。就这样，不仅布鲁和平成为了好朋友，就连他们的父亲也成了最好的朋友。

唱走悲伤，就意味着唱走烦恼。简而言之，即是"让烦恼远离你"。

画龙点睛 ··

其实快乐的人也会有烦恼，只不过他们将这种烦恼当成了对自己的考验，而不是过多的注意它，让它很快的在自己的身旁走掉；而那些痛苦者的苦难也并不一定就比快乐者多，只是他们选择了不同的对待方式而已。你将选择怎样的心情来对待自己的生活呢？

感恩地生活

在一次大陆和台湾的十大杰出青年的座谈会上，台湾第37届"十大杰出青年"之一，一家专门生产消防器材的大公司的厂长赖东进向大家讲述了他的故事：

他的父亲是个盲人，母亲也是个盲人而且弱智，除了姐姐和他，几个弟弟妹妹也都是盲人。瞎眼的父亲和母亲只能当乞丐，住的是乱坟岗里的墓穴。他一生下来就和死人的白骨相伴，能走路了就和父母一起去乞讨。

他9岁时，有人对他父亲说："你应该送儿子去读书，要不他长大了还是要当乞丐。"父亲就送他去读书。为了供他读书，才13岁的姐姐就要到青楼去卖身。照顾瞎眼父母和弟妹的重担落到了他单薄的肩上——他从来不缺一天课，每天一放学就去讨饭，讨饭回来就跪着喂父母。后来，他上了一所中专学校并且获得了一个女同学的爱情，可是未来的丈母娘却说"天底下找不出他家那样的一窝人"，并把女儿锁在了家里，用扁担把他打出了门……

故事讲到这里，他提高了声音："可是，我要说，我对生活充满感恩的心。我感谢我的父母，他们虽然瞎，但他们给了我生命，直到现在我都还是跪着给他们喂饭；我也感谢我的丈母娘，是她用扁担打我，让我知道要想得到爱情，我必须奋斗必须有出息……我还感谢苦难的命运，是苦难给了我磨炼，给了我这样一个与众不同的人生。"

在一个"与成功者对话"的论坛上，一位听众请教台上的企业家：

"您觉得一个人成功的秘诀是什么？"企业家没有讲一番大道理，而是告诉在座的各位："保持一颗感恩的心。只要你对人对事对物保持一颗感恩的心，你一定会成功。"这段话赢得了阵阵掌声。

这位企业家与赖东进的生活态度不谋而合。对生活的苦难不要一味抱怨，要学会感恩的生活。

当你有坏情绪产生时，你可以走到小河边，看头上的天空怎样在水里倒映得蓝盈盈；看河边嫩绿的小草，怎样年轻得可以挤出水来；看水中的石头，怎样有灵气得仿佛在讲述一个故事。再想想，你的一生注定了要永远痛苦、永远愤怒、永远错过这样的天与地、水与石吗？上天赐予我们生命，赐予我们优美的环境，赐予我们亲情、友情、爱情，赐予我们勤劳和智慧，是想让我们这样记恨别人而生活在烦恼里吗？

感恩让我们发现一切，改变一切。只要感恩地活着，苦涩也可以变甜。

 画龙点睛

　　如果你换一种心情，感激上天给你阳光，给你空气，也给你好运，让你在茫茫人海中遇见了生命中的知己；感激他人给你帮助，给你友情，给你智慧，也给你温暖，就算你面临着巨大的压力，也要先看到这世界美好的一面。

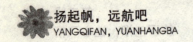
放下包袱，轻装上阵

　　小草不因自己渺小而苦闷，白云不因作为陪衬而懊恼，水滴不因自己微小而伤感，因为它们都懂得放下包袱，轻松前行。

　　放下包袱，让人生更有价值。一个人若总是背负着包袱前行，势必疲惫不堪。李白骑一匹骏马，在仕途的古道上奔驰，然而官场的黑暗冷却了他的一腔热血。他在高力士的丑态中读出了卑鄙，从杨贵妃的娇笑中读出了阴险，从唐明皇的眼中读出了昏聩。他清醒了，宁愿散尽千金求一醉，也不愿意做御用文人。于是，他藏起"安天下，济苍生"的理想，放下仕途不得志的包袱，把自己交给大自然。酒入豪肠，三分酿成月光，七分啸成剑气，大笔一挥便是半个盛唐。他与友人在自然中"同销万古愁"，在历史上留下一首首绝美的诗篇。正是李白敢于放下包袱，历史上才多了一位杰出的诗人。

　　放下包袱，让人生更加辉煌。谁能想象一个身患小儿麻痹症的女孩儿，能够克服重重困难，最终站在奥运会最高领奖台上？威尔玛·鲁道夫做到了，她放下身体残疾的包袱，带着自信的微笑面对生命的挑战。尽管走向成功的途中有着太多的荆棘与坎坷，但她坚强地一路走来，最终抵达成功的彼岸。她用成功向世人昭示：放下生理、心理的包袱，方能走向成功。

　　放下包袱，让人生硕果累累。背负包袱前行，势必影响我们走向成功。李桂林、陆建芬用平凡质朴的行为感动了中国，在最寂寞的环境中，他们牵起孩子们的小手，用自己的知识滋润着他们的心田。他们顶住了各种压力，放下心中的包袱，只为求学的孩子们能健康成长。的确，教师的职业是神圣的，如果他们无法放下心中的包袱，那么他们的人生也就不可能孕育出沉甸甸的果实。

在人生的旅途中，总会遇到许多困难和挫折，它们可能成为我们心中的包袱。放下包袱，减轻生命的负担，才能轻松前行。

放下包袱，轻装上阵，才能战胜自己。

美国著名总统罗斯福，从小便患上了小儿麻痹症，必须依靠轮椅生活，他很自卑、沮丧，整日不与人说话，生怕别人嘲讽自己，他把自己关在屋子里，向上帝控诉，为什么命运待自己如此不公？后来，母亲告诉他："没有人是完美的，上帝在关闭一扇窗后，一定打开了另一扇窗，只要发现了它，你的人生一样很精彩。"自此以后，罗斯福选择放下病痛的包袱，努力追求人生的价值，最终他战胜了自己，成为美国历史上一位伟大的总统。

是啊！正是因为罗斯福放下了病痛的包袱，一心一意追求自己的人生精彩，他才战胜了自己，成就了他的一生。

放下包袱，轻装上阵，才能实现梦想。

意大利著名男高音歌唱家帕瓦罗蒂生在一个平民家庭，父母都是工厂的普通工人，但他们都热爱歌唱，帕瓦罗蒂从小耳濡目染，也喜欢歌唱，并且他的嗓音极好，在父母的教导下，帕瓦罗蒂以优异成绩从高中毕业，这时，帕瓦罗蒂却面临一个两难抉择，他喜欢歌唱，也喜欢教书，可他只能选一样，帕瓦罗蒂以验证来决定，于是去询问父亲，父亲告诉他："歌唱和教书就像两把椅子，你不可能同时坐上去。如果想要同时坐上去，就会从中间摔下来。"听了父亲的话，帕瓦罗蒂决定专攻唱歌事业，经过数十年奋斗，他终成歌坛中的一颗明星，用他的嗓音感染了千万人。帕瓦罗蒂放下了作为一名教师的诱惑，致力于歌唱事业，最终实现了自己的人生梦想，实在让人敬佩。

放下包袱，轻装上阵，才能收获幸福。

博迪是一名法国记者，他出了严重车祸，身体恢复后只有右眼可以动，可博迪仍不放弃生的希望，在助手的帮助下，付出常人难以想象的

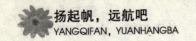
努力完成了他的著作《蝴蝶与潜水员》。是的，博迪放下了残障的包袱，不放弃对幸福的追求，最终才收获了幸福。

生命的确如此，要是人们都像瓦伦达那样顾虑重重，放不下思想包袱，也必会像他一样坠入生命的谷底，留给自己与世人无限遗憾。

 画龙点睛

担心摔倒，担心弄脏衣服，注意力不集中，自然挑不好秧苗。外衣脱了，鞋子脱了，少了顾虑，自然脚底稳当，可见，人生也只有放下沉重的包袱，轻装上阵，才能收获成功。放下心灵的包袱吧！那样，将没有任何事物能够阻挡我们前进的步伐，成功就在不远处！

第三辑
挥舞青春的翅膀

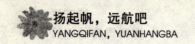
广博学识

　　如果一杯新鲜的水放着不用，用不了多久就会变臭；如果一家经营得很好的店铺，店主不做好随时更新的准备，这家店铺必定也会逐渐衰退。可以随时随地地追求进步是一个积极成功者的特征，因为他害怕退步、害怕堕落，所以总是自强不息地力求改进。不管是什么事情，不管做到何种程度，都不应该停下来，而要继续努力，从而达到更高的高度。一个人如果在事业上感到自我满足而不再追求进步，那么这也将会是他事业由胜转衰的开始。

　　每个人在每天早晨，都该下定决心，力求在工作上有更出色的表现，比昨天有所进步，而在下班离开自己的工作场所时，所有的事情都该比昨天安排得更好些。坚持这样做的人，在一年内他的事业必定会有惊人的成就。

　　对这一习惯不断进行改进，会有很强的感染力。如果老板自身在不断改进，必定会感染到他的员工，从而使得员工们也养成改进日常工作的习惯。一个老板如果可以通过这种做法来激励自己的员工，让他们自觉不停地努力，那么相当于这个老板在他的事业生涯中得到了强有力的同盟者。

　　一个人如果想成就大事业，就必须经常与外界以及自身的竞争者接触，更应该去参观访问相关的展览会、商场、模范店铺以及所有管理良好的机构团体，从而借鉴有效的管理方法，来增强自身的竞争力。

　　一个成功的芝加哥零售商利用一周的假期时间，去国内大商场参观访问，并由此获得了改良自己商场的办法。此后，这位零售商每年都会去东部做旅行，去专门研究几家大规模商场的管理方法与销售方法。在他看来，这样的参观访问是非常有必要的。不然，一直一成不变、墨守成规地经营下去，肯定会走向失败。

那位芝加哥零售商说，经过几次改进后他的商场与以前已经大不相同了。曾经从来没有注意到的缺点，如员工工作不认真，货品摆设无法吸引顾客等，经过参观优秀同行者的店铺与商场，他对这些都开始注意起来。因此，零售商开始大刀阔斧地进行调整，如辞退工作不认真与不忠于职守的员工、改变橱柜的陈列等，做了这样的改变后，商场里的气象焕然一新。

如果一个店主从不走出店铺的大门，不与别的店主以及店铺沟通，那么他对自己店中的店员和营业的缺点，通常是盲目的，也很难察觉到店铺存在的各种问题。因而，一个店主若想让自己的店铺销售红火，就需要在店铺中引进新光线。而这就要求店主经常与同行进行沟通交流，从而找到可以借鉴的方法。从商之人，应时常吸纳新思想，以获取改进的方法，只有这样他的事业才可能一天天发展起来，直到成功。

那些才能出众的人，更能领悟到随时改进方法的巨大价值所在，也更能用客观的态度去发现自己的缺陷，观察别人的优点，以求改进。那些只待在一个环境中的人，多安于现状，而对存在的缺陷毫不察觉。如果他们不变换自己的环境，肯定发现不了那些缺陷，也就注定他们会走入失败的迷途。

一家酒店的经理在踏进另一家酒店的刹那间，就会注意到这家酒店很多需要加以改进的地方。他在短时间里看到的值得改良的地方，一定多于那个常年不外出的旅馆主人在一年之中看到的还要多。

🍵 画龙点睛

要改进自己的事业就应该全面地进行改进，这是大部分人的弊病，这些人不知道于小事上改进，于小处着手、于大处着眼，并随时随地进步才是改进的惟一秘诀。也只有随时随地求进步，最后才可能收到成效。

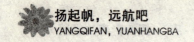

做事要尽全力

俗话说："世上无难事，只怕有心人。"这里所说的"有心人"指的是在做事时能尽自己最大努力，并能发挥自己全部的潜力将事情完成得最好的人。我们只要学会尽一切可能、想尽一切办法去努力，那世上就不会有所谓的"天大的难题"，而只有因不够努力所造成的遗憾与失败。

事实上，人们在现实中之所以常说世事艰难，多是因为人们并未尽到最大努力。很多时候，人们都认为自己已经尽力，然而事实上人们并未将全部潜力发挥出来。因而，在面对困难与问题时，不应该先说难，而先要问一问自己是否真的已经竭尽全力了？"难"是说服自己、拒绝努力的最好理由，但问题是否真的如此难以解决呢？

卡特曾经是一名海军军官，一次应召去见海曼·李科弗将军。在谈话过程中海曼·李科弗将军让卡特挑选任何他愿意谈论的话题，将军接着又问了卡特一些问题，结果他被问的直冒冷汗。将军在谈话结束时，又问卡特在海军学校的学习成绩如何，这时卡特立刻自豪地说："将军，在820人的一个班中，我名列59。"不想海曼·李科弗将军却皱了皱眉头问道："你为什么不是第一名呢，你竭尽全力了吗？"

将军的这话犹如当头棒喝，影响了卡特的一生。从此以后，卡特不管做什么事情都竭尽全力，最终当选了美国总统。要自己竭尽全力，就是不给自己任何敷衍与偷懒的借口，让自己去经受生活的最大考验。在生活中很多人都无法做到竭尽全力，多是因为收到"我已尽力"假象的迷惑，也就是说他们认为自己已经做到了最好，再往前一步已经是不可能的了。但这不过是他们不愿接受挑战的借口。

一次，被誉为"把美国带到轮子上的人"的汽车大王亨利·福特想制造一种 V8 型的发动机。但当他将这个想法同工程师进行交流时，几乎所有的工程师都认为这在现实中是绝对实现不了的，这只能是一个美好的设想。虽然每个工程师都这样认为，但福特还是坚持说："要想办法将它制造出来。"

工程师们深感无奈，只得不情愿地开始尝试。"我们无能为力。"这是几个月过后，他们给福特的答案。但福特依然说："继续尝试，直到成功为止。"一年多后，还是没有取得多大的进展，所有的工程师也都觉得不管怎样都应该放弃了。然而，福特说："必须做出来"。就在此时，一位工程师灵感突发，竟然找到了解决的办法。就这样，福特最终制造出了原本被认为"绝不可能"成功的 V8 型发动机。

工程师们原本认为"绝不可能"的事情，最终还是有了解决的方法。这就告诉我们不管做什么事情，一定要先将"不可能"这一思想束缚放到一边；而只要去想自己是不是真的已经竭尽全力去解决问题了。畏惧、恐惧常会让人无法真正冷静地应对出现的问题，甚至可能导致行动瘫痪。但你若不问问题是否困难，而只问自己是不是尽了最大努力，轻装上阵用尽全力挖掘自己的潜能，这样反而容易解决问题，也才可能创造出难以想象的奇迹。

稻盛和夫创办的京都陶瓷公司是日本最著名的公司之一，而他本人也被日本经济界誉为"经营之圣"。京都陶瓷公司在创办不久就接到了日本著名的松下电子的显像管零件采购订单，这笔订单对当时的京都陶瓷公司具有非常重要的意义。但跟松下电子做生意并不是件容易的事情。

虽然松下电子看中新创办的京都陶瓷公司的产品质量好，而给了它供货的机会，但在价钱上却一点都不退让，而且每年都要求降价。有些京都陶瓷公司里的员工对此感到很灰心，他们认为公司已经尽力，再也没有利润空间了；这样做根本就无利可图，那还不如直接放弃。稻盛和夫并没有这样认为，他的想法是："松下电子这样做，确实让公司很难

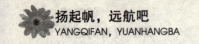
做；但若就此屈服于困难而放弃，只不过是在给自己没有尽全力去挖掘潜力来战胜困难而找的借口罢了。"

于是，在稻盛和夫的坚持下，公司经过再三摸索创立了一种名为"变形虫经营"的管理方法。"变形虫经营"的具体做法是把公司分成一个个"变形虫"小组，当作最基层的独立核算单位，也就是把降低成败的责任，落实到每个员工身上。如此一来，即便只是一个负责打包的老太太，也知道用来打包的绳子的原价是多少，知道浪费一根绳子造成的损失有多大。这样就大大降低了公司的运营成本，最终即使是在满足了松下电子苛刻条件下，也有可观的利润。

在现实中，有些问题确实很难解决，有些人在想了诸多办法后仍然无法解决，便认为已经是极限了，再怎么努力也是没有用的。

但当你真正经过一番奋斗、努力并获取成功后，你便会知道事实上所谓"难"，只不过是自己给自己找的借口。因而，不管你做什么事情，不管有多难，都要尽全力去做，这样才可能成功，才不会后悔。

 画龙点睛

　　不要为自己找诸多的借口说办不到，不是办不到而是我们没有尽最大的努力。只有尽自己最大的努力，我们才会收获不一样的成功。

为青春插上梦想的翅膀

　　2012 年度感动中国的颁奖盛典上，一位用脚弹奏出优美旋律的无臂钢琴师深深感动了我，他叫刘伟。"我的人生只有两条路，要么赶紧死，要么精彩地活着。"面对镜头，刘伟笑着说。那一刻，这个命途多舛却又为梦想插上翅膀的阳光男孩把青春、梦想、责任与担当等字眼重重地烙进了我的心里。

　　青春是什么？前不久热映的电影《致青春》中有这样一句台词："青春就是用来怀念的。"对这句话，我不敢苟同。在我眼中，青春是有颜色的舞台，它应该是人生中最精彩、最值得铭记的一段旅程。在青春的梦想中飞翔，既应有"白日放歌须纵酒"的自在洒脱，也应有"指点江山、激扬文字"的意气豪迈；既应有"天将降大任于斯人"的踌躇壮志，也应有"以青春之我，创建青春之家庭，青春之国家，青春之民族"的责任担当。

　　而如何为青春插上梦想的翅膀，给生命留下鲜活的轨迹呢？一个个意气风发的青年用行动做出了最好的注脚。那个毅然放弃读研机会，选择到西部农村支教的大学生徐本禹，用稚嫩的肩膀，扛住了倾颓的教室，扛住了贫穷和孤独，扛起了本来不属于他的责任；那个带着养母上学的平凡女孩孟佩杰，在贫困中乐观开朗，用青春的朝气驱赶了种种不幸，在艰难里坚守清贫，用孝道镌刻每天的时光；那个在危急中将学生推向一旁，自己却不幸被碾到车下，造成双腿截肢、骨盆粉碎性骨折的最美教师张丽莉，用柔弱的身躯谱写了一曲英勇奉献的青春之歌；还有那些为国争光的奥运健儿们，那些冲在抗震救灾一线的青年志愿者们，他们用一份份精彩的人生答卷，诠释着新时代中国青年的赤子情怀，证明着敢于担当、勇于奉献才是新时代新青年的真实写照！

作为一名青年，我也一直在青春路上追寻着属于自己的梦想。大学毕业后，我成为一名大学生村官，怀揣着扎根基层、服务"三农"的宏伟梦想走入延庆县珍珠泉乡小川村。这里地理位置偏僻、文化水平较低、经济发展落后，但是，这里的淳朴民风却熏陶着我，这里的热情村民感染着我，这里的纯净土地也足以任我挥毫泼墨、一展所长，为其写下浓墨重彩的一笔。在这里，我参与了奥运安保工作，同村里人一起为奥运加油，站好最远一班岗；在这里，我参与了新农村建设工作，同村干部一起奔波于每家每户的节能保温、改厕改建工作当中；在这里，我参与了村级文化建设工作，充分发挥益民书屋的功能，用知识和智慧帮助群众解决了实际困难；在这里，我还利用业余时间照顾了一位"五保户"老人，在力所能及的范围内让他的生活得到了一定改善……三载青春，我把梦想播种在这里，把泪水埋藏在这里，把汗水风干在这里，也在这里收获感恩、责任与担当。

大学同学聚会时，很多已走入全国知名大企业，成为白领、金领，拿着过万月薪的同班同学问我："老马，村儿里的生活有意思不？"我笑着对他们说："很充实、很丰富，也很快乐，但这种感觉你们是体会不到的。"同时，我还把身边涌现出的许多优秀村官的典型事迹与他们分享——在我们的队伍中，有利用自己的专业所长播下七彩红薯梦的王贺，有大爱无私、为陌生白血病患者捐献骨髓的肖水仁，还有利用网络卖菜，帮助村民开辟致富新渠道的谢萌萌……我们来自天南海北，汇聚在延庆这座风景秀丽的小城，构成一个奋发有为、积极向上的群体，让梦想起飞，为青春导航！

村官到期后，我又踏上了大榆树这方土地，成为一名计生工作者。服务对象还是群众，邻里乡亲、家长里短，我却乐此不疲。我想说，这就是我的青春、我的梦，我生于农村、长于农村，能够在农村这片热土上释放激情、挥洒青春、体会担当、成就梦想，这就是我存在的价值！

而作为新时期的有为青年，我们同样肩负着时代赋予的重任，面对压力，惟有奋勇拼搏，提振士气；面对浮躁，更要仰望星空，脚踏实地；面对困难，便当永不退缩，同舟共济。惟有如此，我们的国家才能繁荣，我们的民族才能昌盛，我们的青春才能焕发出最绚丽的色彩，激发出最生动的活力。

实现中国梦，青春勇担当！今天，我们立下庄重的承诺，明天，我们定将把自己的成绩镌刻在历史的骄傲中！让我们为青春插上梦想的翅膀，将我的梦融入中国梦，为中国梦凝聚青春力量，以今日青年之努力，托举明日国家之崛起！我想，这就是我的梦、你的梦、我们大家共同的中国梦！

 画龙点睛

青春是最美丽的花朵，青春是最动人的诗行。当我们正处在青春的美好时光中时，曾经多少次赞美青春，珍爱青春，放飞着我们的希望，把所有的光荣与梦想，都亲手交给青春珍藏。让梦想的翅膀，带我嗅着花季的芬芳，带我受过雨季的洗礼，带我展翅高飞，去追求我青春的梦想，去实现我青春的理想，去升华我的人生。

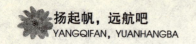
做一条离开水的鱼

在这一念间如何抉择，就是生活的目的所在：懂得什么是有价值的，认识到什么是值得自己用一生去追求的。但往往就是在生死攸关的时刻，我们的抉择却并不十分明智，因为我们的头脑受到了思维惯性的束缚，我们没法真正去思考。

两个工作不如意的年轻人一起去拜望师父。

"师父，我们在办公室被欺负，太痛苦了，我们是不是该辞掉工作呢？"两个人一起问。

师父闭着眼睛，隔半天，吐出五个字："不过一碗饭。"挥挥手，示意两个年轻人该退下了。

回到公司，一个人递上辞呈，回家种田，另一个人却没有动。

时光流转，岁月无情，转眼10年过去了。

回家种田的那个年轻人现在成了农业专家，并采用现代科学方法经营管理农场，已是名扬一方的大实业家了；另一个留在公司里的人也不差，他忍着气努力学习，渐渐受到公司的器重，现在已经成为主持一方工作的经理，不日将升迁到更高的职位。

一天，两个人相遇了。

"奇怪，师父给我们'不过一碗饭'这五个字，我一听就懂了。不过一碗饭嘛，何必死守在公司？所以就辞职了。"农业专家问另一个人，"你当时为什么没听师父的话呢？"

"我听了呀！"那位经理道，"师父说'不过一碗饭'，老板说什么是什么，少赌气、少计较就成了。师父不是这个意思吗？"

于是两个人又去拜望师父。师父已经很老了，仍然闭着眼睛，隔半天，吐出五个字："不过一念间。"然后挥挥手……

人生一世，尽管在历史长河里只如瞬间花开，但毕竟路途漫漫，三穷三富不到头，既有"人生十年旺，神鬼不敢傍"的鼎盛，也会有"喝水塞牙缝，放屁砸脚后跟"的潦倒。痛苦的时候，人生似乎很长，就如失眠的漫漫长夜；快乐的时候，人生又似乎很短，就如洞房花烛夜。

人生，到底是长是短呢？

张爱玲说："长的是磨难，短的是人生。"待到发如雪，回首望去，当初的自己已如迷失在烟雾中的故乡，消了踪迹，这人生，何长之有呢？它看似漫长，其实只在一念之间。

如果你不相信，我们可以先做一道智力题，测测你是否已经被自己所掌握的知识束缚住了。题目是：请挪动其中一个数字（0、1或者2），使"$101 - 102 = 1$"这个等式成立。注意：只是挪动其中一个数字，只能挪一次，而且不是数字对调。

如果你以前没有看到过这道题，相信你是很难"思考"出答案的，因为我们思考问题的方式本身就是受限的——思想是已知的产物。

数学家华罗庚讲过这样一个故事：

如果我们去摸一个袋子，第一次，我们从中摸出一个红玻璃球，第二次、第三次、第四次、第五次，我们还是摸出了红玻璃球，于是，我们会想，这个袋子里装的是红玻璃球；

可是，当我们继续摸到第六次时，摸出了一个白玻璃球，那么我们会认为，这个袋子里装的是一些玻璃球了；

可是，当我们继续摸，又摸出了一个小木球，我们又会想，这里面装的是一些球；

可是，如果我们再继续摸下去……

我们在一个有限的范围内，接触了一定的类似的概念后，往往会形成一种思维的定势，并且在一定的范围内似乎它也是没错的，可是如果跳出了这个范围会怎样？我们面对的是如此浩瀚的世界，你又如何能探

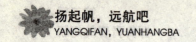
尽这个世界？

洛阳的钱思公非常富有，但他生性节俭，用钱谨慎。他有好几个儿子，尽管都已经长大成人，但除了逢年过节之外，他们很难从钱恩公那里得到一点儿零花钱。怎么办呢？

钱思公藏有一个笔架，这个笔架是用珊瑚做成的，造型美观，雕工精细，极为珍贵，是他最心爱的东西。平时，他总是把笔架放在书桌上，每天都要欣赏一番。要是哪一天笔架不见了，他就会心绪不宁，坐卧不安，然后就会悬赏一万枚钱寻找这个笔架。

钱思公的几个宝贝儿子很快就摸准了这一点：

如果谁缺钱花了，谁就会偷偷地把笔架藏起来，等钱思公悬赏一万枚钱寻找的时候就拿出来，说是从外面的小偷那里追查回来的，于是一万枚钱的赏金便到手了。

过上一段时间，如果又有哪个儿子没钱花了，就又会如法炮制一番。这样的事在钱思公家里，一年至少要发生六七次。

这个故事很滑稽，我们不禁要问：世界上怎么会有这么傻的人呢？

其实从行为科学的角度讲，这样的事情在我们的生活当中每天都在发生，这是一个典型的思维定势的案例。也就是说，钱思公之所以会被他的儿子们所愚弄，是他头脑里的思维定势在作怪。

钱思公心爱的珊瑚笔架一次又一次地失而复得，在他的头脑中已逐渐形成了这样一个无形的框框：我这个笔架很值钱，外面的小偷总想把它偷走。只要我悬赏一万枚钱，我的儿子就一定能把它找回来。

思维定势形成之后，人在思考问题时，便会陷入"知其然而不知其所以然"的怪圈，难以看到事物的本来面目。这时候，你所有的聪明才智都会化为泡影，你不仅日渐丧失了分析问题的能力，甚至已不再愿意去对问题进行分析了……

其实突破惯有的看问题、思考问题的模式，就像做一条离开水的鱼。真的存在可以离开水的鱼吗？当然有。

非洲有一种鱼，名叫肺鱼，雨季生活在水里，与其他鱼类没什么两样，自由自在地游来游去。旱季来临之后，河里的水干涸了，其他的鱼都干死了，惟独肺鱼还活着。

原来，每当旱季来临，水源干枯之际，肺鱼就把自己埋进淤泥里，好像住进了"泥屋"里，老老实实的，一动不动。它们在自己建造的"泥屋"上留有一个小孔，供自己喘气用。否则，不能呼吸，它们也会毙命。

数月后，雨季来临，河里又有水了。肺鱼钻出"泥屋"，重新畅游在河水里。

印度、缅甸等南亚国家也有一种能离开水的鱼，叫攀鲈，它们生活在沼泽、湖泊里。由于它们能离开水在陆地上行走，所以非常有名，当地人都叫它们"会走的鱼"。这种鱼对水质很挑剔，每当水质变差时，它们就会跳上岸，离开此地，去寻找新的水源。

离开水后的攀鲈行动缓慢，有的被人捉去成了盘中餐，也有的被其他动物吃掉，还有的因为长时间找不到水源而被晒死在途中，但大都找到了新水源，开始了新生活。

面对生存环境的变化，肺鱼是去适应，而攀鲈是去改变。即便都存在风险，它们也义无反顾，在所不辞。当今世界，除了"变"不变之外，一切都在变，而且是瞬息万变。这就要求我们提高应变能力，或者去适应，或者去改变，别无他途。

 画龙点睛

你愿意成为钱思公这样的人吗？当然不。既然如此，那就以钱思公为鉴，时时给自己一棒喝，保持对思维定势的警觉吧！

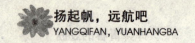

充分挖掘自己的潜能

　　一个农民站在粮仓前注视着一辆快速开过土地的轻型卡车，开着这辆车的正是他 14 岁的儿子。农民的儿子因年纪还小，还不能够考驾驶执照，然而他对车子非常着迷，好似已经可以驾驶一辆车子了。为此，农民准许他的儿子在农场里驾驶这辆客货两用的车，但不准他到外面的路上去行驶。突然间，农民看到车翻到水沟里去了，他大为惊慌，连忙跑到出事的地方。农民看到沟中有水，他的儿子被压在了车下，只有头那一部分露出水面。

　　据报道说，这个农民高 170 厘米，重 70 千克，并不算很高大。农民救子心切，毫不犹豫地跳进水沟，将双手伸到车下，抬起了车子。这个场面让另一个跑来援助的人将那失去知觉的孩子从下面拽出来。很快当地医生就赶来了，他给孩子检查了一遍，除了一点皮肉伤外，其他均无损伤。这时，农民才开始觉得奇怪，刚才去抬车子时压根就没想过自己是不是可以抬得起来。此时，农民出于好奇就又去试了一下，结果那辆车子纹丝不动。

　　从这件事可以看出，通常而言每个人具有极大的潜在体力。这位农民在紧张情况下产生的超强力量，并非只是他的身体反应，还涉及心志的精神力量。当农民看到自己的孩子快要淹死时，他的第一心智反应就是要救儿子，便一心要将压在他儿子身上的车给抬起来，再没有别的想法。这可以说是由精神上的肾上腺引发出潜在的力量，根据相关专家认定潜意识的力量是有意识力量的 3 万倍。

人的潜能是可以挖掘的，而要充分挖掘自己的潜能就要注意下面几点。

第一，要懂得时常给自己一些积极的暗示，这有利于提高自己的勇气与信心，对发掘潜能也有帮助。下面有个小故事来对此做个说明。

一次，俄国戏剧家斯坦尼斯拉夫斯基在排一场话剧时，由于一些原因女主角不能参加演出。斯坦尼斯拉夫斯基无奈，只得让他大姐出任女主角，然而他的大姐从来没有演过主角，她自己也没有信心，因此在排练时她演得很糟。斯坦尼斯拉夫斯基对此感到非常不满，他十分生气地说："这场戏是全剧的关键，女主角如果还是演得这么差劲，这个戏就再也排不下去了。"此时，全场寂静，他屈辱的大姐久久沉默后，忽然抬起头坚定地说："排练！"自此，她一扫往日的拘谨、羞涩、自卑，演得非常真实、自信。斯坦尼斯拉夫斯基也非常高兴地说："从今以后，我们又有了一个新的大艺术家。"

斯坦尼斯拉夫斯基的大姐若没有因为斯坦尼斯拉夫斯基发火而受到刺激，那么积聚在她身上的表演潜力就几乎不可能迸发出来。很多人因缺乏勇气和信心，让懒惰、自卑占了上风，或是不思进取、安于现状，从而造成了自我埋没的现象。我们如果可以多给自己一些积极暗示与刺激，多一分毅力和胆略，多一点干劲、勇气和信心，就有可能挖掘出自己身上的潜能，将其充分发挥从而创造出让自己也吃惊的成功。

第二，想象出一个比自己更加优秀的"自我"形象，这可以激发自己的斗志，同时有利于潜能的释放。

笛福森是美国一名大企业家，他在45岁之前是一个银行小职员并且一直默默无闻。几乎所有认识他的人都以为他是一个没有创造才能的庸人，甚至他自己也看不起自己。但是笛福森在45岁生日那天，受到报上一则登载故事的刺激，于是立下大志，决心要成为一名大企业家。自此之后，笛福森判若两人，他用自己从未有过的顽强毅力和自信，破除了无所作为的思想，并潜心研究企业管理，最终成为了一名相当有名望的大企业家。

笛福森若没有受到报上那则故事的刺激，而树立塑造自我新形象的目标，他是不会成为一个大企业家的。

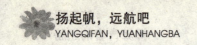

第三，俗话说实践才是检验真理的标准，因而也只有实践才能激发潜能。这就要求你养成一种强而有力的习惯，要养成这种习惯应先从小事上练习，即要做到"要做现在就去做"。另外，还要具备以下一些条件：

调高目标，小而模糊的目标会让人失去追求的动力，而定一个既宏伟又具体的远大目标则能激励你奋发向上。

慎重择友，朋友或多或少会改变你的生活，因而该结交那些希望你获得成功与快乐的人，这样你在人生道路上将得到更多的益处。

离开舒适区，新的力量与动力都是在不断寻求挑战的过程中产生的，因而需找出自身的情绪高涨期以不断激励自己。

敢于犯错，有些事不去做是因为缺乏信心、害怕犯错，对于自己做不好的事情应抱着一种打趣的心情去做，这样做起来定会乐在其中。

正视危机，危机可以激发我们竭尽全力做事的斗志，而正视危机以从内心挑战自我是我们生命力量的源泉。

精工细笔，创造自我就如同绘制一幅巨画需要精工细笔雕琢，哪怕是极小的改变，也是很重要的。

迎接恐惧，克服恐惧，即便是极小的恐惧，也可以增强创造自己生活能力的信心，若对恐惧视而不见，它也必会穷追不舍。

加强排练，台上三分钟台下十年功，没有不劳而获的成果，对自己越宽容，生活对你就会越苛刻，而对自己越苛刻，生活反而会对你越宽容。

 **画龙点睛**

平时人们只发挥了极小的大脑功能，如果可以将大脑功能的一大半发挥出来，绝对能够轻易背诵整本百科全书，能够学会40种语言。

保持工作热情

一个充满激情的人，会显得更加年轻、富有活力，也能得到更大的进步；而一个没有激情的人，则会缺少上进心、缺少燃烧的活力，这样就不会有瑰丽的人生。对于工作激情美国前总统杜鲁门曾谈过他的看法："我研究过很多名人与伟人的生活，发现凡获得顶尖成就的人，无论男女，都有一个共同特点，即对自己手头上的工作，都能投入全部的活力与狂热。"

每个已经工作了的人都应该有过这样的经历：刚开始工作或是刚进入公司时，自己感觉缺乏工作经验，为弥补不足，经常早来晚走，斗志昂扬，即便忙得连吃饭的时间也没有，仍然很开心。这是因为工作有挑战性，新员工的感受是全新的，还有就是新员工对工作有一份特有的激情。伟人对使命的热情能够谱写历史，而一般的员工对工作的热情则能改变自己的人生。当一个人用全部的热情去做事、去想解决问题的方法时，每天都会尽自己最大的能力去追求完美，几乎没有可以阻挡成功的障碍，而这种热情也会感染周围的人。

一位成功的理财专家有过这样一次经历，一家理财杂志社派了一位摄影师到他家里拍照。摄影师一会儿要求理财专家调整姿势，一会儿打光，专家被几经摆布后终于厌烦地抱怨道："我是个大忙人，没有时间在这里磨蹭。"然而这位摄影师还是我行我素，完完全全投入在自己的工作当中，一直到黄昏，拍出他满意的照片才收工。

事后，这位理财专家的朋友问他："为什么你可以容忍对方这样侵

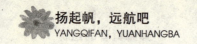

占你宝贵的时间呢?"专家回答说:"显然这位摄影师的要求很高,不拍到满意的镜头和角度是不会罢休的,而他对工作的那份执著,让我感受深刻,我又怎么忍心去打消他那股热情。"

那位摄影师的工作热情感染了成功的理财专家,所以忙碌的理财专家才会心甘情愿的配合摄影师的工作。如果是一个没有工作热情的摄影师,理财专家是断然不会陪他浪费自己的时间的。这里显示的就是工作热情的魅力。

微软的招聘官曾对记者这样说过:"从人力资源的角度来说,我们愿意招的'微软人'首先应该是一个富有激情的人,也就是对工作、技术、公司都有激情的人。他可以在这个行业涉入不深,年纪也不大,但他有激情,与他交谈后,你会受到感染,并愿意给他一个机会。"

拿破仑·希尔告诉我们,热忱是一种意识状态,可以激励及鼓舞一个人对手中的工作采取行动。热忱还具有感染性,不仅能够对其热心人士产生重大影响,而且也会对与他接触过的人产生影响。热忱是行动的主推动力,也是推销自身才能最重要的因素。人类历史上的那些伟大领袖就是那些知道如何鼓舞自己的追随者发挥热忱的人,而如果将热忱与工作混合在一起,那么那份工作就不会显得很单调或是辛苦。热忱会让一个人的身体充满活力,并让他在睡眠时间不足的情况下,将工作量达到平时的两倍或是三倍,并且不会感到疲倦。

拿破仑·希尔多年来都在晚上进行写作,一天晚上,他正在专注地敲打着打字机,偶然从书房的窗户望出去(拿破仑·希尔的住处在纽约市大都会高塔广场的对面),似乎看到了反射在大都会高塔上最怪异的月亮倒影,那是一种他从来没有见过的银灰色影子。拿破仑·希尔又仔细观察了一遍,才发现那是清晨太阳的倒影,并非月亮的。虽然拿破仑·希尔工作了一整夜,但因为太专心于自己的工作,使得漫长的一夜好像只是一个小时,转眼间就过去了。他又接着工作了一天一夜,这期间除了停下吃点食物外,从未停下休息过。如果拿破仑·希尔不是对手里的工作充满热忱,从而让身体充满精力,他是不可能一连工作一天两夜,而丝毫感觉不到疲倦的。

热忱是股重要、伟大的力量,可利用其来补充自身的精力,还能发展出一种坚强的个性。有些人非常幸运天生就拥有热忱，而另一些人则需要通过努力才能够获得。获得热忱的过程很简单，只需要从以下两方面入手：

提供自己最喜欢的服务，或是从事自己最喜欢的工作。

若是目前还无法从事自己最喜欢的工作，那就将自己最喜欢的这项工作，作为自己最明确的目标。

可能由于各种原因，你目前所从事的工作并不是自己所喜欢的，然而没有人可以阻止你决定自己一生中的明确目标，也没有人可以阻止你去实现这个目标，更没有人可以阻止你将热忱加入到你的计划中。"你有信仰就年轻，疑惑就年老；有自信就年轻，畏惧就年老；有希望就年轻，绝望就年老；岁月使你皮肤起皱，但是失去了热忱，就损伤了灵魂。"这句话是卡耐基与麦克阿瑟将军共同的座右铭，也是对热忱最好的赞美。在工作中加入热忱，会让你的工作更有趣味，而热忱能够带你走向成功。

一个人的才干与能力，是拿破仑·希尔在评估这个人时的主要参考因素，但他还相信考量这个人深藏的热忱也非常重要。这是因为一个人如果有热忱，就几乎所向无敌了；即便没有能力，却拥有热忱，还是能够让有才能的人聚集到这个人身边来。

一个人不管从事什么工作，在什么职位，如果每天都以冷漠的态度对待自己的工作，那么无疑这份工作就会越显得累人、困难。将工作当成是"无聊的苦差事"，又怎么指望工作可以"顺心如意"呢？

有句俗话说："潮湿的火柴无法点燃。"热情对于一个人来说就像生命一样重要，我们凭借着热情，能够将枯燥乏味的工作变得生动有趣，让自己充满活力，同时还能培养自己对事业的狂热追求；我们凭借着热情，能够释放出巨大的潜在能量，并能发展出一种坚强的个性；我们凭借着热情，能够获得公司领导的提拔与重用，获得珍贵的成长与发展机会；我们凭借着热情，能够感染周围的同事，使他们理解你、支持你，从而建立良好的人际关系；我们凭借着热情，还能够想出更多战胜困难的方法，从而获得成功。

一个缺乏热情的人是不可能始终如一并高质量地完成自己工作的，

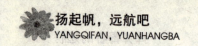

也更不可能做出创造性的业绩。你如果没有了热情，就不可能在职场中成长、立足，更不可能有充实的人生与成功的事业，成功也就无从谈起了。

 画龙点睛

从现在开始，不要再计较手中的工作是否无味、困难，要对它倾注你全部的热情，这样你才有可能成功。热忱是一种状态，能让一个人变得专注，善于集中心志；它还能让一个人释放出潜意识的巨大能量。热忱是成就事业与成功的源泉，一个人的意志力与追求成功的热忱越强，那么他成功的概率也就越大。

放飞梦想

夜晚，独自站在阳台上，向远方眺望，没有目标，没有方向，只是看被红绿交织的灯光染红的天空，听夹杂着欢歌笑语、辛酸叹息的秋风。我能否融入到这座城市，亦或这座城市能否接纳我呢？

时光倾城而下，如白驹过隙，不知不觉已来到龙烟一月有余，花开无形，叶落无声，正是有了繁星的点缀，星空才如此灿烂；正是有了绿叶的呵护，鲜花才这么美丽，同样，龙烟的明天肯定会因为我们的到来而更加精彩，因为我们有梦想，我们有信念。

也许我们现在一无所有，没有金钱，没有工作经验，没有社会阅历，更没有技术，但我们有一颗年轻的心，我们有理想，有抱负，有追求，我们不怕吃苦，不怕劳累，宝剑锋从磨砺出，梅花香自苦寒来，任何的成功都来自一点一滴努力的积累。

一个人活在这个世上，最重要的是要有梦想，有了梦想，你才有目标，才会有动力，没有梦想的人犹如无头苍蝇，到处乱窜，终一事无成。胯下韩信之所以能成为西汉开国名将，汉初三杰之一，正是怀有吾必有以重报母的理想，才能成就大汉江山雨飘摇，萧何月下追韩信，暗度陈仓定三秦，沈沙决水斩龙且，破燕灭赵收华夏，十面埋伏败霸主的美谈。先天下之忧而忧，后天下之乐而乐的范仲淹，若不是以造福百姓为己志，能写出这样的诗句吗？反观方仲永，自是指物作诗立就，其文理皆有可观者，可谓天生聪明，如此有才智的人如果能接受后天的教

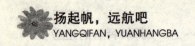
育，必有所作为，但其父利其然也，日扳仲永环谒于邑人，不使学，终泯然众人矣，可悲可恨！

分数有高低，质量有好坏，但梦想无贵贱。不管你的梦想是科学家、发明家、工程师还是工人、农民，只要你时时牢记自己的梦想，并为之努力奋斗，你终会成功的。

每天唤醒我的除了闹钟之外，还有梦想。

叶子的离去是风的追求还是树的不挽留？很多人都说叶子无情，大树滋养了它一生，它却在大树危难时刻各自飞，但我更相信叶子有自己的梦想，落红不是无情物，化作春泥更护花，它牢记自己的使命，在自己生命即将结束之际，化作一方土壤，为曾经给予自己生命的大树提供肥料，帮助其安全地度过冬天，这就是信念，这就是梦想。

没有花香，没有树高，我是一颗无名的小草，凭着对阳光执着的信念，面对压在自己身上的压力，面对摧残自己的暴雨狂风，也毫不退缩，勇往直前，终于感受到了阳光的拥抱，这就是信念，这就是梦想。

超越梦想一起飞，你我需要真心面对，让生命回味这一刻，让岁月铭记这一回。趁我们还有梦想，还有激情，努力吧，放飞我们的梦想，不要让自己的岁月留下一丝遗憾！

 画龙点睛

只要我们心中始终拥抱着梦想，就不会因为现实的残酷而忧伤，也不会因为生命的短暂而悲哀，更不会因为人生的平凡而苦恼。现实让我们只能亦步亦趋，而梦想给了我们翅膀，让我们的梦想飞得更高更远，让我们的心灵自由自在。放飞梦想，去实现光辉灿烂的人生吧！

逆境中的青春

　　走下楼梯，远远地看见外婆正孤单单地站在萧瑟的秋风中，白发和落叶一起飞扬。在空旷的操场上，她瘦弱的身影显得那般无助与苍老，我的心一酸，眼泪掉了下来。

　　外婆是来给我送生活费的，还给我买了一条牛仔背带裤。"这么大的姑娘，也该打扮打扮了，我看别的女孩都穿，就也给你买了一条。不贵，八十块钱。"外婆的眼里流动着爱意。

　　背带裤是我向往已久的，但捧着它时，心里却是沉沉的。八十块钱！那是外婆拾多少垃圾倒多少马桶才凑齐的！

　　小时候我就知道自己和别人不一样，我没有父母，年迈的外婆独自担负起我的学习和生活费用已是万分困难，所以我从来没有奢望过漂亮的衣裳，我的身上永远都是外婆缝的土里土气的衣服。

　　逆境，可以使人沉沦，也可以使人奋起，我的成绩一直是优异的，我编的舞蹈每次都是第一名，我负责的黑板报也次次都是冠军。面对同学们的赞赏，我的心平静如水——是的，这就是现实。容貌与家境可以让人羡慕，但当你没有这些时，你只能凭自己的努力赢得别人的尊重，否则，你就会永远被别人瞧不起。

　　爱美之心，人皆有之，我也不例外。无数个夜晚，我梦到我拥有许多漂亮的衣服，梦醒后是巨大的失落。

　　当我拿到第一笔奖学金——一百元时，我告诉自己，我要买一件漂亮的衣服。可是我看到了外婆，我那已年过七旬的外婆，拎着一只塑料袋，在烈烈的阳光下，正跪在地上，吃力地掏着阴沟里的一个矿泉水瓶，那满头的大汗，在阳光的辉映下，亮得令我心酸。忍住泪水，我转身买了一个大冰淇淋，递给外婆。外婆嗔怪我："这得花多少钱呀？乖，外婆不吃，你吃吧！"我说："我们一起吃。"于是我与外婆一人一口，在路人的注目中，舔出了笑声与温情。

人生没有绝对的事，我在失去的同时也得到了，而且得到的远比失去的多，命运一直这么厚爱我，我还有什么好埋怨的呢？

我把那条裤子卖给同班的一位同学，买了一本我向往已久的《文化苦旅》，剩下的钱我给外婆买了双保暖鞋——因为一到冬天外婆的脚就会裂口。

青春无美衣，我并不遗憾。漂亮衣服可以把女孩子装扮成一朵花，而我的经历赋予我坚韧、淳朴、勤奋，会使我成为一棵松树。花总有谢的时候，而松树却可以长青。

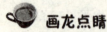 **画龙点睛**

　　虽然也梦想有一件漂亮的背带裤，但她最终还是卖掉而为外婆买了一双保暖鞋。虽然没有漂亮的青春服饰，但她却有一颗友爱之心。面对生活中的困苦她选择做一位强者。相信在未来的路上她的青春将大放异彩。

奔跑的青春梦想

　　梦想，是我们内心深处一个渴望自己出人头地的潜意识。因为梦想的存在，生活才变得更加富有意义。

　　我们深深体会到，求学要有理想，但切忌理想化，单靠梦想并不能使你成功，主观世界的追求离不开在客观世界中的打磨与历练。求学要做最坏的打算，同时要尽最大的努力，对困难估计得越多越好。

　　如果你有求学的冲动，想改变生活的现状，无时无刻不梦想着成功，我们会发自内心地为你鼓掌。但这个世界真正能帮助你的人只有你自己，没有人能代替你激发自身的潜能，再好的琼浆摆在面前，你自己不动手取，也不过是幻影。

　　求学并不是一个轻松的话题，也很难用一两句话概括其中的内涵。这个世界上没有什么比苦苦坚持更难的事情了，但生命的精彩也就在一次次突破自我极限的超越之中。要想做出一番非凡的事业，必然要训练出非凡的筋骨，每一次痛苦都是一次成长的机会，生命也会收获相应的厚度与广度。实际上，多年的求学时光已经使我们学会了享受非常态的生活。

　　要庆幸自己的青春生活在一个人人都渴望成功并且有机会成功的年代里，要相信一切皆有可能。但担忧的是，现在很多年轻人一谈起"求学"这个字眼就心旌荡漾，好像成功只是指日可待的事情，恨不得一夜之间就重演成功者的传奇，用两三步走完先行者数十步、数百步才走完的路。

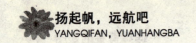
不得不告诉你们事实的另一面：你们迄今为止所看到的一切成功者，都只是阳光下浮出海面的冰山一角，并不是真相的全部；而你所津津乐道的那些成功人士的戏剧性瞬间，大多是经过媒体放大的结果。

没有人生下来就是弄潮儿，所有求学者都呛过咸涩的海水，都经历过人生的意外打击，也都有过想放弃的时候，都曾有孤立无援、四面楚歌的时候。他们都是平凡的肉身。惟一不同的是，他们没有被所经受的痛苦摧毁。那些没有能消灭他们的东西，使得他们更强壮，慢慢地懂得了成长的秘密，懂得了以一种健康、积极的心态来面对人生。这也算是意外的收获吧！这也应该是我们需要借鉴的！

让青春与你的梦想一起奔跑！

 画龙点睛

青春，是一个人一生中最宝贵的阶段。青春期的我们骨子里和血脉里已经有一种东西在流淌：只要向前，困难虽比我们想象的要多，但方法比我们想到的更多；坚持下去，积极应对，一切会更好！

我们在旅途中

　　我不知道正在阅读这篇文章的你身处何方，也许你已经结束了一天的奔忙，正坐在安静的小屋里；也许你正和朋友们围坐在篝火旁，大声地朗读着这篇文章；也许你正身处静谧的森林中；也许你正坐在你最喜欢的树下；也许你正躺在小船的甲板上……

　　不论你身在何方，不论你是什么人，不论是在何时何地，还是在生命中的任何一个瞬间，有一件事对你我是完全相同的：我们并不是在休息，而是在旅途之中。我们的生活是一种运动，一种趋势，在向一个看不见的目标持久地稳步前进。每一天，我们在得到某些东西的同时，也会失去一些东西。

　　甚至当我们所处的位置和我们的性格看起来跟以前并无差别时，这一切还是在不断地变化着。因为，时间的前进就是一种变化。对于一片荒地来说，一月和七月是有所不同的，季节会产生某些差异。能力的局限性对于孩子而言，是一种天真的品性；对成人而言，就是一种幼稚的表现。

　　我们所做的每一件事都是朝着某个方向前进的一个步骤。甚至那些被我们忽略的事情也会给我们造成影响，因为忽略本身已经成为一种事实，它让我们前进或者后退。一根磁针南极和北极所产生的作用是同样真实有效的。拒绝也是一种接受——一切都是二选一的结果。

　　今天，你是否比昨天更接近你心中的港口呢？是的——你必须接近某个港口。因为，自从你的船驶向生命之海，你便没有停止过前行；海

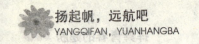

是如此之深，你根本无法找到一个可以抛锚的地点，于是，你不可能停下来，直到你达到自己的港口。

可是，你希望这艘船驶向哪一个港口呢？你渴望完成怎样的夙愿，取得怎样的目标呢？当小船经过风雨飘摇的旅程，终于到达目的地时，又会有怎样一番景象呈现在你面前呢？

人们的生活目标不尽相同，因此，我们可以通过三个不同的方面来看待上述问题。

如果我们所追求的目标与事业有关，那么我们会问："我们希望获得怎样的成就呢？"

如果我们所追求的目标与成长、发展以及个性的形成有关，那么我们会问："我们想要成为怎样的人呢？"

如果我们所追求的目标与体验、命运有关，那么我们会问："我们希望有怎样的人生际遇呢？"

不要以为这三个问题是互不相干的，它们之间有着千丝万缕的关系。也正是因为它们相互交织在一起，才构成了我们的生活——它们对我们的未来也起着决定性的作用。也许你的小船想扬帆驶向北方，可前桅的大帆则朝着东方，主帆则朝着南方，如同一个人，心中向往着某一个地方，行为上却朝着另一个地方，而最终决定这一切的，还有一个叫做"命运"的东西。

你是怎样的人，决定你做怎样的事；你做怎样的事，决定你将变成怎样的人！

 画龙点睛

人生如一场旅途，在旅途之中我们会遇到许多的事情，悲欢离合，我们都将品味到它的滋味，但是面对这种没有预演过的人生之路，我们将怎样走好它呢？在你的心中是否已经有了自己想要的人生的设想呢？也许我们会成为一个伟大的人，也许我们会成为一个平庸的人，但是无论如何，我们都不要做一个对社会有害的人。

书写青春

　　每逢春季，我们这群守园人总是能感受到一片含着绿意的湿气，从飘着阳光的那个守候平衡的赤道的方向而来。南风必定是卷着海边流浪儿的脚印，带着正在呼吸着阳光的鲜花的问候，飘向这个平静的桂林南边的小隅来的。这季花在编年，风在编年。

　　飘雨的季节，我们总是怀念阳光的暖袖，不知道是谁说过，天下的日子是风吹过阳光编下的，所以人们经常举杯邀月，对饮清风。相传有一季花是这样子开的，它生长在河流的源头没有阳光，但是它又是在被东边的第一缕阳光刺破花苞，当然它是看不到阳光的，但是阳光的力量它感受得到。这种感情叫心有灵犀。

　　喜欢集体那种热闹的日子，且是过几日择一日，去打打球，去换下空气，还记得我们在排球场上编年的时光吗，两个男生拖着七八个女生，手误敲脑袋的事情经常发生，欢笑回荡在体育馆中。我们参加排球比赛，那时候我们惊呼，谁是我们的虎翼，谁是凤头，训练是一件集体的事。喜欢每学期的劳动课，喜欢看大家都穿着白色校服的那些日子，或四个人扛一把锄头，美其名曰合作、团结力量大。喜欢大家一起上课的日子，喜欢老师在每双专注的眼神前表扬我们的时光。

　　我们经常来到桃园餐厅前那棵桃花树前，只为看看它在哪一年会遇上它的爱人，然后结出桃子，结果在第二年的时候，它依然只有花。于是我们便打算把这份观察的任务交给下一代，当这个疑问跨越千年的时候，桃花树下也许因为这个疑问而成就了很多欢乐，因为树的年轮是闭

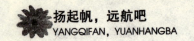

合的，完美的。

在属于我们这个集体的又一季中，花也轮回风也轮回，我们还在一起快乐地轮回着，编写着。

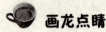 **画龙点睛**

这是一个充满理想的季节，这是一个爱拼才会赢的季节。也许过去或多或少的痛楚会占据我们的脑海，充斥我们的心房。但过去的早已过去，失去的早已失去，不要为早已过去的和早已失去的而悲伤悔恨，它毕竟不属于现在，让我们封锁记忆，在风雨中站起来，找回执著；不要说放弃，请相信：日子里总会有阳光，向前总会有希望！

助跑生命创造佳绩

　　在高原的上空，常常可以见到秃鹫在翱翔。秃鹫又叫座山雕，也被人誉为"神鹰"，是高原上体格最大的猛禽。它们往往栖息在海拔2 000米—5 000多米的高山上，体重达到7千克—11千克。秃鹫张开翅膀后，整个身体有2米多长，能长时间飞翔于空中。

　　当它盘旋在湛蓝的天空时，它宽大有力的翅膀，似乎连太阳也能遮蔽，你甚至还能听到它的双翅在空气中"哗啦，哗啦"扇动的声音。它一旦发现猎物，便如利箭一般俯冲而下，褐色的羽毛在阳光下闪烁着金属般的光泽，像一道钢铁般的闪电。它甚至能捕杀草原上的野狼。

　　有一次，一个猎人意外捕获一只秃鹫，他把秃鹫关进一个不到一平方米的围栏里。围栏的顶部完全敞开，从围栏里面可以仰视天空。

　　然而秃鹫处在这样的围栏之中，怎么样也飞不起来，只能在围栏里徘徊，做无奈的囚徒。

　　原来秃鹫虽然雄健有力，能翱翔万里，可它飞上高空之前，却需要一个助跑的过程。它要先在地面上奔跑三四米，然后才能飞起来。就是这短短的几米，决定了秃鹫是否能翱翔直上，成为一只勇猛的大鸟。而在这个狭小的围栏里，它没有助跑的距离，无法腾空而起。

　　我们做人又何尝不是如此？许多人一踏上社会就希望一鸣惊人，名利双收地拥有一切，这样急功近利，不注重人生的积累，是难于起飞的；相反，能不辞辛苦地为自己搭建好助跑的舞台，从而将优势不断发挥，才能逐渐达到事业的巅峰。那么，像秃鹫一样，给生命一个助跑的

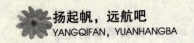
过程吧，这样，我们的人生就可以飞得更高。

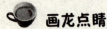

画龙点睛

　　一个人的成长、成熟、成功，其实是一个不断进行积累的循序渐进的过程，人的身上之所以有着无穷大的潜力，主要是平时积累的缘故。助跑的过程其实就是让自己的潜力得到极至发挥的一种措施，就是为了让自己跑得更快，跳得更高，跳得更远。相比只要结果而言，助跑的过程可以说是一个漫长的过程，但没有这个过程是不可能最终获得成功的！我们每天都在积累，我们每天都在助跑，因为我们的心中有一个目标。

做个吃螃蟹的人

在南美洲人迹罕至的深山密林里，生长着一种果实艳丽的藤蔓植物，这种植物是一年生植物，手掌般大小的叶子上生满了白绒绒的柔和细毛，花朵淡黄色，有指甲般大小，它结的果实开始是翠绿色的，像一块碧玉，随着果实的长大，它渐渐成乳白色，成熟时，果实又变成了诱人的粉红色。

这种果实成熟时，它的饱满和艳丽十分令人神往和陶醉，可是，却从来没有人敢于走近和采摘过它，因为据说这种果实里有剧毒，有谁敢一不留神吃掉它，马上必死无疑。当地的居民给它起了一个十分可怕的名字叫"狼桃"。

16世纪时，英国公爵俄罗达拉里到南美洲游历，在密林里遇到了一株狼桃。那正是狼桃果实累累的时节，不长的藤蔓上结满了一嘟一嘟的果实，大的如拳头般大，小的像碧绿的珍珠，有的果实已经成熟了，像一个个粉红色的灯笼，有的即将成熟，乳白色，更多的是鸟蛋大小碧绿的小果子，俄罗达拉里简直被狼桃的美深深惊呆了，他挖下几株狼桃，万里迢迢把它带回到英国，并把它做为一棵珍奇的花卉，献给了伊丽莎白女王，欧洲从此有了狼桃。但像南美洲人一样，因听传闻说这种狼桃有置人于死地的剧毒，200多年间欧洲也从没有人敢去尝一尝那种狼桃的味道，只把它做为奇花异草，一种令人敬而远之的观赏植物种植在花园里。

到了18世纪中叶，法国一位名叫埃尚的画家，在被狼桃成熟果实

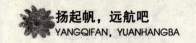
的果晕深深倾倒后，先后创作了近百幅有关狼桃的美术作品。在完成这些作品的同时，他有了一种异想天开的大胆想法：那就是不惜丢掉性命，也要亲自尝一尝美丽狼桃的味道，以验证这种色彩艳丽的果实是否真的含有剧毒。埃尚写下遗嘱，穿好入殓的衣服，在亲朋好友充满悲伤和惋惜的团团注视下，视死如归地吃下了几个美丽的狼桃。然而，令人惊讶而万分庆幸的是，吃掉了狼桃的画家不仅没有中毒而死亡，而且他连一丝一毫不适的感觉也没有。于是，狼桃不仅无毒，而且鲜美可口的消息立刻不胫而走，在欧洲大陆迅速掀起了品尝狼桃果实的狂潮，许多达官贵人和社会名流纷纷以品尝狼桃为荣耀，使狼桃在短短十几年里成了欧洲人餐桌上的珍品佳肴。

1876年，欧洲出产的狼桃出口到南美洲，受到了南美洲人的普遍喜爱，价格高昂的欧洲狼桃为欧洲人在南美洲赚足了黄金和白银，直到十多年后，南美洲人才发现，这种叫做"西红柿"的昂贵欧洲蔬果，其实就是他们南美洲深山密林里生长着的"狼桃"。

南美洲人为此叫苦不迭，他们谁也说不清楚欧洲人靠西红柿赚了南美洲人多少的黄金，但肯定是个吓人的天文数字。南美洲人为此纷纷开展自省：为什么原产地在南美洲的东西却帮欧洲人赚足了钱？

一位南美洲的哲学家在自省中深刻地揭示说："只是因为两个字——勇气，欧洲人有跨前一步的勇气，而我们南美洲人却没有。"

欧洲人敢冒生命危险品尝狼桃使它成为美味佳肴——"西红柿"，而南美洲有人敢于这样大胆地去品尝吗？就是因为勇气，狼桃可以在欧洲大陆上成为西红柿，但西红柿在南美大陆上长期只能是令人望而生畏的"狼桃"。

 画龙点睛

　　和许许多多的成功者相比，我们有许许多多成功的优势和先决条件，但他们成功了我们却失败了，我们的失败不在于我们的机遇，而往往在于自己没有跨前一步的勇气。没有勇气，就没有成功。

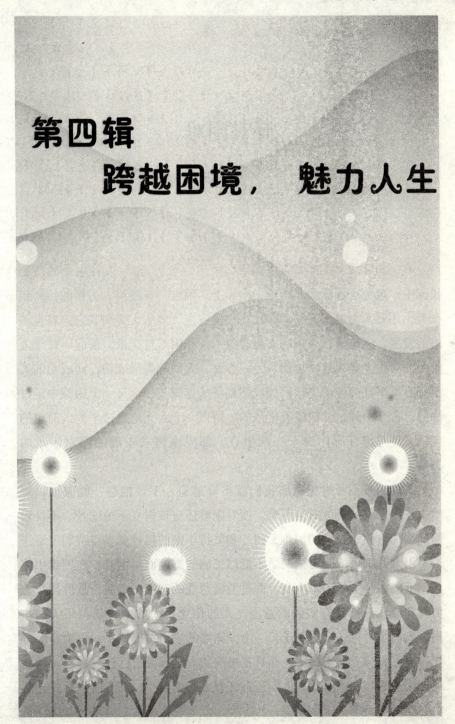

第四辑
跨越困境， 魅力人生

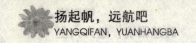

面对困难

　　有一句名言："时间顺流而下，生活逆水行舟。"人在生命的历史长河中，难免会遇到什么困难，实际上，困难一直是与人为伴的，直到今天，还有人为温饱问题而挣扎，气候灾害、地质灾害和其它灾难也不时的发生，无论多么幸运的人也避免不了和困难打交道，最起码每个人都要面对生老病死这一规律。另一方面，人们都渴望成功，而成功的人士都有不平凡的经历，他们的成功都是从克服了一个又一个困难中走过来的，古今中外，几乎没有例外的。所以一个人无论想过平静、简单的生活，还是想有所作为干一翻事业，都应该树立正确的面对困难的态度。

　　既然困难不可避免，那我们就不该逃避、不该抱怨，就应该以坦然、积极乐观的态度对待困难。面对困难还应该树立不怕吃苦、不畏艰险的精神，面对长期的困难，耐心和坚持不懈的精神就显得特别重要。

　　困难并不可怕，可怕的是不能以正确的态度面对困难，在困难中使人倒下的往往不是困难本身，而是消极悲观的态度，是缺乏战胜困难的勇气和信心，是没有坚强的意志。人的信念、人的精神起着很大的作用，人们常听说这样的例子，一个没患癌的人，被搞错了，以为自己得了癌症，人马上就不行了，而真正患癌的人，以为自己没有患癌，反而表现很正常。在困难中，人们通常怀着必胜的信心，而有时以顺其自然的态度面对困难，应该是更好的态度，因为有些事情的结果是难以预料的，也是难以左右的，期待着什么结果也许会使人失望，能做到尽力而为就是了。

事物都具有两面性。困难使人痛苦，人们不愿遇到困难，但是通过困难的磨练的确使人变得成熟，从这个角度讲，困难又不是坏事。"没有吃过苦就不知道什么是甜"，拜伦的一句名言"逆境是到达真理的一条通路"，说的就是这方面的意思。"患难见真情"，"贫穷出孝子"，这两句话也重点强调了在困难中可以表现出人的良好品质。我曾认为那些对社会有较大贡献的人往往生活都比较简单，这是一种悲哀（比如一些杰出的科学家等），我现在真正地理解了，正是由于这些人不为金钱所动的高素质，才能使他们在较为艰苦的条件下安心工作，为社会做出了较大贡献。我有幸出席过一个学术会议，一位老教授鼓励我们要耐得住贫穷，要耐得住寂寞，要在科研、学术的道路上坚持下去，经过多少年，我终于认识到了耐得住贫穷，耐得住寂寞是多么可贵的品质，当别人下海去搞钱了，自己还能不能在艰苦的条件下安心于做没有钱的学问，能做到按兵不动也不容易。

既然困难和逆境可以使人走向成熟，那么我们就不该白白地吃苦，认真对待，勤于思考，一定会有所收获。

生活中有很多强者为我们做出了榜样，南京大学有一位湖南籍博士生，他在13岁那年在一次事故中失去了双手，在生活都无法自理的情况下，向父母提出要读书的要求。经过几个月的努力他学会了用肘关节夹着笔写字，在读初中、高中时成绩优异，高中毕业考上大学，大学毕业后在当教师时，他又学会了写粉笔字，工作之余继续拼搏，又考上了硕士和博士。在读博士期间又患上了肝癌，已为晚期，医生断言，他至多还能活三、四个月，面对这一场更大的灾难，他以顽强的毅力同厄运抗争。坚持到一年半的时候，经检查肿瘤奇迹般地缩小了。还值得欣慰的是，他如期完成了博士论文，并顺利通过了答辩。这里只是简单地叙述了这位博士生的业绩，实际上他还有过人的生活能力。

一个失去双手的人，成了生活的强者，他不仅战胜了自身面对的困难，还能从社会对他不接纳的一次次挫折中走过来，在人生的舞台上，不断攀登上了一个又一个新的台阶，特别是面对患癌的绝症，敢于抗

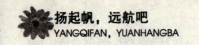
争，创造了生命的奇迹，他所走过的路，为我们战胜困难树立了很好的榜样。

既然困难是不可避免的，我们不应该逃避他，更不应该臣服于它，我们应该坦然的面对。其实，困难并不可怕，风雨过后见彩虹，主动向困难宣战吧！

 画龙点睛

礁石可能会阻碍船只的前进，但大海可能会因为没有礁石而变得单调；石头很容易把人绊倒，但大地可能会因为没有石头而变得孤独；困难可能会使人节节败退，但人生可能会因为没有困难而变得不完美。勇敢的面对苦难，坦然的接受一切吧！

身处逆境

　　我的一个同学曾经扬眉吐气地给我讲了他的一段经历。他说："我读高中的时候，那所学校一点名气也没有，每年大概也就只能出几个本科生。在距离高考还有几个月的时候，学校决定把那些有可能考上大学的学生集中到一起进行辅导。我那个班有三名同学名列其中。于是在我们班，老师只对那三名同学好，见到他们就微笑，辅导的时候耐心细致地讲解，而其他同学问问题的时候，总是概括性地讲几句就了事，管你听没听懂。许多同学都心灰意冷，认为自己没希望了，被老师看不起，于是就整天混日子，上课看武侠、聊天、睡觉。我成绩一般，当然也就没被选上。但我想，我的父母是农民，他们含辛茹苦、日夜操劳地供我读书，为的就是让我考上大学，跳出农门。难道我就考不上大学了吗？那我父母的心血不就白费了吗？我不愿意接受这个事实，我更不愿意辜负我的父母。于是我就暗下决心，更加刻苦地学习，考上大学。你知道我有多刻苦吗？教室里其他的人都走了，我还不走；寝室里其他同学都睡了，我的床上还亮着烛光；别人还在美梦里，我已经在教室里了。那段时间我整个人都瘦了一圈。高考成绩公布后，出乎老师们意料之外的是，我那个班就我一个人上了本科分数线。同学们也都用吃惊的眼光看着我，我知道，他们都不晓得我是怎么样过来的。"

　　看着同学们那羡慕的眼神，我就想，除了那三名同学之外，其他的同学身处同一环境，为什么有的自甘堕落、萎靡不振，有的却能忍辱负重、出类拔萃呢？有的人总是埋怨自己没考上好的大学，没找到好的工

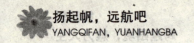
作，没有天赋，没有背景，我觉得这是在浪费时间，浪费精神。到底是顺境还是逆境更容易造就人才，这已经显得并不重要。重要的是，如果你身处逆境，你会怎么做？"

画龙点睛

　　在逆境中，我们应该迎头向上，不畏艰辛，积极进取。哪一颗名贵的珍珠没有经过千沙万砾的沉淀？哪一粒纯粹的金沙没有经过千筛万选的淘洗？身处逆境，我们要勇于在荆棘丛生的磨难中有所作为，要勇于在艰难险阻中站立不倒。

笑对人生

暑假里，我无意间阅读了《海底两万里》。书中的传奇经历，惊险情节深深地吸引了我，使我爱不释手。

《海底两万里》这本书讲述了人们在海上发现了一只"独角鲸"的大怪物，阿龙纳斯教授参加了捕捉行动，在捕捉过程中不幸掉入水中，意外游到了这只怪物的脊背上。后来得知这只惊动一时的独角鲸原来是一艘构造奇妙的潜水船。这潜水船是尼摩船长在大洋中的一座荒岛上秘密建造的，船身坚固，利用海洋发电。尼摩船长邀请阿龙纳斯做海底旅行。他们从太平洋出发，途径珊瑚岛、印度洋、红海、地中海，然后进入大西洋，看到许多稀罕的海生动植和水中奇异景象。最后，当潜水船到达挪威海岸时，阿龙纳斯不辞而别，把他所有知道的海底秘密公之于世。

书中，令我敬佩万分的是每当遇到危险时，在这种千钧一发的时候，阿龙纳斯教授他们总会以清醒的大脑去面对，用智慧去战胜各种困难，丝毫不畏惧于困难和艰险，从不屈服于它们。教授的那种无比的毅力与克服重重困难，逃出险境的智慧，真是令人肃然起敬。

读完这本书，我被书中主人翁勇敢的精神和坚强的意志所深深地打动了。相对我而言，从小我就是一个胆小的女孩，总是受着别人的庇护和疼爱。因此，每当一遇到一点小小的困难，我就总会起依赖之心，想让家长、老师、同学来帮助我解决，替我分担。人的一生虽然短暂，但

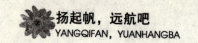
总会遇到无数次的困难与挫折。那我们是应该迎面而上，还是为娓娓退缩？是勇敢面对，还是胆怯逃避呢？虽然我们不需要像阿龙纳斯教那样尝试这种种生死存亡的惊险经历，但必要的挫折是一定要承受的。

在学习上我们一定会遇到困难的，在生活上也一定会遇到阻碍的。在学习上，只要我们树立好与困难作斗争的勇气和信心，刻苦钻研，对不懂的题目不耻下问，虚心向别人请教，相信一个个问题一定会迎刃而解的。学习好似一座高山，成功是只属于勇于克服困难，攀登科学高峰的强者的。面对这种种困难，我一定会以阿龙纳斯教授为榜样，鼓足勇气，充满信心的地去面对它，决不会被它们再吓倒了。我要让自己在困难中锻炼出坚强的意志，让自己以更好的乐观的心态来面对，来迎接更大的挑战！

"意志坚强，山岳可搬。"这是千真万确的道理。你看，三分之二高位瘫痪的张海迪姐姐，在轮椅这个小天地里奋斗着，所取得的成就，比别人不知要付出多少倍的努力。然而，她没有向命运低头，向困难屈服。她坚信没有爬不上的山，没有过不去的河，面对重重困难，勇往直前，高歌猛进，自学完了中学的课程，刻苦自修外语，翻译了30多万的外国文学名著。毅力惊人的海迪姐姐不是靠着坚强的意志，奋力不懈，一步步地登上了成功的高山吗？

在我的成长生活中，我遇到了许多困难，但也有许多困难被我战胜了。

上个学期，老师带着阴沉沉的脸，拿着英语试卷来到了教室。"76分！"一颗颗豆大的泪水不住地落了下来。回到家，我在房间里进行了自我检讨。最后我决定舍去玩的时间，来做练习，背英语，听录音，大声地朗读。不知不觉到了期末考试。我满怀自信地把考题做完，然后一丝不苟地检查了两遍。后来，我竟在这门原本不拿手的科目中轻易考了100分！以前，我遇到数学题，看到有点难度，就去向这个同学问问，跟那个同学抄抄，自己一点脑筋也不动。读了这本小说，我为我的懦弱而感到羞愧。

在生活中，我也是一个胆小的女孩，像温室里的小花，长得高高的，但不敢承受挫折，一遇到困难就想当缩头乌龟，从不敢自己昂首挺胸，承担责任，就连晚上一个人在家这样的小事也办不到。有时候看着镜子中人高马大却又胆小如鼠的自己，简直气不打一处来，讨厌自己的胆小，恨自己的软弱。

我不要再做温室里的花朵，只懂得享受屋内的温暖；不要做井底的青蛙，只知道守着自己的那块小天地，而放弃整个大自然。

困难和挫折好比生活中的调味品，没有了这些，生活也会变得平淡。我要像暴风雨中的海燕，充满豪情壮志，以微笑面对人生的挫折，去品尝成功的喜悦！

 画龙点睛

困难是一块磨石，把强者磨得更加坚强，把弱者磨得更加脆弱。

困难是悬崖上的独木桥，强者把它当作捷径，弱者把它当作绝境。

困难是火焰，强者视它为指路明灯，弱者见它逃之夭夭。

其实困难并不可怕，只要你能拿出你的勇气来笑着面对，就会跨过困难，迎接你的将是美好的世界，只要你勇于面对，就会创造灿烂的生活。

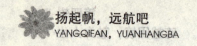

伤口上的翅膀

一只蛹要化蝶了，这是一个十分艰辛的历程。

首先，它要经受住饥饿，再美味的东西即使在它的口边，它也必须压抑下心灵深处的那份强烈的欲望，把自己曾经臃肿的身材拼命地瘦下去，甚至瘦到皮包骨头的地步，只有这样，它原来那副肥胖的蛹壳才能慢慢地和它的身体逐渐分化和剥离。对此，昆虫学家曾做过一次十分有趣的实验，他们把蛹最喜欢吃的食物，分别放在十只正在梦想化蝶的蛹旁，一些蛹饿了几天后，实在禁不住那些美味食物的蛊惑，于是它们张开口，开始有滋有味地品尝那些食物。而另一些蛹却丝毫不为所动，它们饥肠辘辘，即使饿得难受得一次次痛苦地蠕动，它们也坚持不吃一口那些就放在自己嘴边的食物，甚至有的蛹已经饿得晕睡了过去，但为了自己的化蝶梦想，面对那些唾手可得的美味佳肴，这些蛹一丝也不会动摇。

几十天后，结果出现了，那些不能压抑自己欲望的蛹，因为贪嘴，它们的身体愈发地肥胖了，它们不过成了一只更臃肿的蛹。而那些压抑贪欲，始终不为美味佳肴而动心的蛹，它们终于瘦了下来，它们的内体与臃肿的蛹壳已成功分离，它们离自己化蝶的美丽梦想已近了大大的一步。

和蛹壳彻底分离后，它们只要钻出自己蜕化的蛹壳，就可以梦想成真蜕化成一只斑斓而能够自由、轻盈飞翔的美丽蝴蝶了。为了能早日钻出坚硬的蛹壳，所有的蛹都使出了自己浑身的解数，有的用并不锋利的唇齿拼命撕咬蛹壳十分微小的缺口，有的探出头来用尽气力企图把蛹壳的缺口撑得更大些。昆虫学家发现，在破壳而出的化蝶过程中，这些蛹的表现也是不同的，有的蛹企图投机取巧，它们不遗余力地吐出它们身上的全部湿液，期望能濡湿自己那干硬的老壳，以利于撕开更大的缺口使自己能够不受阻挡地轻松脱壳而出。但另外一些蛹就不同了，它们把缺口稍稍撕大一点点，就拼命地弓起身体从缺口处往外挤，直到挤压得自己宽厚的脊部伤痕累累鲜血直淌，但它们绝不会去投机着把缺口再撕大一点点。

这两种脱壳的方法同样也导致了两种绝对不同的结果，那些把缺口撕大不受任何挤压顺利脱壳而出的蛹，虽然它们轻松地脱壳而出了，但它们根本长不出翅膀变不成蝴蝶，它们不过成了一只新生的蛹，而那些背部饱受挤压历尽磨难的蛹，它们背部的伤口很快长出了美丽的翅膀，它们终于化蛹为蝶，成为了一只只美丽的蝴蝶。

欲望和投机是梦想的天敌，一颗有贪婪欲望和投机的心灵是永远抵达不了梦想的，要使自己化蛹成蝶，要使自己长出能够自由飞翔的翅膀，最关键的就是要让自己从欲望和投机的坚硬蛹壳里脱壳而出。

 画龙点睛

　　不经历苦难又怎么收获幸福，不经历风雨又怎么收获阳光？蜕变是磨难的历练，没有经过历练，又怎么懂得人生的五味呢？当我们经历过后，才更懂得幸福的美好。在成功的道路上不能投机倒把，不能耍滑，只有勇往直前，才能见到雨后的彩虹，才会收获幸福美好的明天。

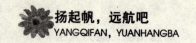
在逆境中生存

　　挫折会成为我们人生路上的绊脚石，也会成为我们前进途中的助推器，关键看你用什么样的态度去面对。古今中外，许多成功人士都把挫折当作一笔财富，因为挫折给了他们智慧，给了他们勇气，给了他们毅力。海明威说过："世界击倒每一个人之后，许多人在心碎之处坚强起来。"挫折就像是大海中的一块礁石，如果没有它，人生就不会击起美丽的浪花。所以，在面对挫折时，我们要及时调整好自己的心态，将它由绊脚石变为垫脚石。

　　有人说，挫折是人生中的催熟剂，因为从挫折中走过来的人都会更加成熟、更加勇敢、更加充满智慧。但也有的人视挫折为人生最大的不幸，因为挫折会使人意志消沉，失去斗志。为什么同样的情况会有两种截然相反的观点呢？因为每个人承受挫折的能力不同。对于勇敢的人来说，挫折不但不会成为他们前进道路上的阻碍，还会成为磨砺他们，使其更加成熟和完善的一次机会。而对于懦弱的人来说，挫折却会让他们沉入失望的深渊中去。

　　爱因斯坦说过："一个人在科学探索的道路上，走过弯路，犯过错误，并不是件坏事，更不是什么耻辱，要在实践中勇于承认和改正错误。"对于挫折，我们应该采取一种正确的心态，将其向有利的方向转化。那么，我们应该如何来对待挫折呢？

　　第一，培养乐观自信的心态。乐观是人生的一剂良药，它可以让我们以一种更加愉悦的心情来面对生活中的各种困难。一个人的心态越乐观，那么他对困难的接受能力也就越强，他的行动也就会越积极，也就越能将问题解决。乐观还可以防止我们产生自卑的心理。自卑是一种消极的心态，它会让我们不相信自己、怀疑自己，让我们在面对困难时失去勇气。而且自卑心理过重，还会让我们自暴自弃。据调查，许多有自卑心理的人都有自杀的倾向。因为他们的心理承受能力很弱，遇到困难就会怀疑自己。他们行动也比较缓慢，不会像乐观的人那样积极地想办法解决问题。

另外，就是建立自信。信心是一个人的精神支柱，它可以帮助我们更好地去面对困难。列宁说过："自信是走向成功的第一步。"一个人没有信心就不能经受住生活中遇到的各种困难，就不会再有前进的动力和勇气。一个人只要不失去信心，就没有失败，就有扭转困境的机会，就能看到希望，对前景也就更加乐观，也会以更加积极的心态去摆脱困境。

第二，正视现实，适应环境。正视现实，就是要求我们要正确看待挫折与现实，保持良好的接触，只有这样才能够尽自己的最大能力去改造环境。另外，就是要学会调整自己，因为外部的环境总是在不断地变化，如果我们不能根据环境的变化而调整自己，就肯定会碰壁。这是我们避免挫折的一种办法，避免挫折也就是让我们少走弯路，让我们少犯错误。当然，这并不是教我们逃避困难，而是说我们应该尽量让自己减少失败的机会。我们只有根据不断变化的环境来不断调整自己的策略，才能够让自己少遭受挫折。

第三，增强承受挫折的能力。一个人的身体虚弱，通过锻炼就可以使之强壮。我们的思想也是可以通过锻炼而使其强壮起来的。一些喜欢从事冒险运动的人，他们承受挫折的能力就比常人强，因为他们通常都会面临很险恶的环境，也更加知道身临险境时该如何生存。所以，我们可以进行一些有针对性的锻炼，比如登山、跳伞等。而且这也会使我们的身体得到锻炼。身体是承受艰苦生活和精神折磨的最根本的保证。一个人的身体状况好的话，那么在生活中面对困难时就会更加有勇气。而同一条件下一个身体虚弱的人对挫折的承受能力就会差一些。

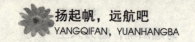
第四，多结交一些朋友。当一个人面临挫折的时候，他周围人的态度会对他产生极大的影响。如果周围的人都很积极乐观，那么他自己也就变得更有勇气，可以重塑战胜困难的信心；如果周围的人幸灾乐祸、落井下石，那么他就会否定自己，不相信自己，行动也会变得迟缓消极。

另外，人类是群居动物，必须生活在一个群体中，获得信息，寻求帮助，发泄情感。当我们遭遇挫折时，就会产生悲观、失落的情绪，而这些情绪如果可以及时发泄出来，就可以保持我们心理的平衡，有益于身心的健康发展。而朋友会是我们一个很好的倾诉对象，他们也往往会给我们一些有益的指导，或者一些安慰，帮助我们及时调整到正常的状态中来。

第五，给自己制定正确的目标。有时我们之所以会遇到挫折，往往是我们把自己的实力估计得太高、把目标定得太高，超过了自身的能力，最后遭遇失败。所以，我们在给自己制定目标时一定要适度，既不能太高，也不能太低。目标太高，实现不了，会挫伤我们的积极性；目标太低，很容易达到，也失去了自我激励的意义。所以，制定一个正确的目标，也可以避免我们遭遇挫折。

挫折和失败是人生路上必不可少的，我们应该正确地对待，让它们向更加有利的方面转化。只要我们心中有成功的信念，那么就会将所有的挫折踩在脚下。让我们理智地对待生活中的风风雨雨，经历过挫折和失败，我们的人生将会更加成熟和完美。

 画龙点睛

人生，如同一次航行。航行的途中我们会遇到各种各样的风风雨雨。有些人在经历过风雨之后变得更加坚强、更加成熟，有的人却在风雨之后迷失了方向。同样的环境，却有不同的结果。只因我们每个人对待挫折的态度不同，面对挫折，我们需要学会在逆境中生存！

活着是一种姿态

　　活着是一种姿态，我们要做的就是把它埋好，为了那些紧紧追随我们给我们支撑的亲人，朋友和敌人；为了老家顽强挺立的断墙，为童年最初的梦想。除非，他们完全抛弃我们的曾经，我常常在问自己为什么而活着，为什么不肯放弃？还期待着什么样的奇迹？什么样的狂喜？当我看着人生该来的即将到来，要去的也正在失去，我提醒自己别走开，再等等，还有更新，更好的东西。

　　然而，年复一年，除了无尽的重复和失望，我一无所获。我感觉自己是一个可怜的，守株待兔的孩子，梦想有一天突然有一只兔子会向自己这边冲过来。让我彻底绝望和疲惫的是，无论撞上来的是一只什么样的猎物都不能再唤起我的狂喜，因为所有的惊奇在童年时光早已全部发生，他可能是一颗水果糖，一块饼干，一样玩具……今天我守侯的是一种回忆一种幻想，除了无边的重复它什么也不是。在想象编织的袋子里，所有的希冀早已失去生机。十几年来，我就这么提着一只空空的袋子，装腔作势地活着，一副弯弓待发的样子，没有人知道我是那么的无奈。我担心自己这个样子有一天在深夜猛然醒来，面对未来和眼前的真实会孤独无助到大声哭泣，并且再也无法安慰自己。

　　但是，每当清晨第一缕阳光很爽朗地照在我的床前，每当外面传来所有关于生灵的气息，我又会身不由己地从床上爬起来，如果有合适的数学题目在桌上，我甚至会突然倍感欣喜，然后，如你所料，当所有的痛楚被暂时的遗忘，风一样刮过，耳边又会响起那个顽固的声音："离开这儿，快离开这儿，这里没有你想要的东西……"

这段日子我很疲倦，是从里到外彻头彻尾的那种困乏，身体困乏也许可以忍受。而心呢？有人说，当一个人感觉自己活的太累太累的时候，他就该回一趟故乡了。我琢磨这话不无道理，可我没有时间，没有足够的时间。只能在梦中无数次踏上了回家的路，胸中有久违的温暖涌动。站在老家房屋面前，我还能相信那是我曾经的乐园与天堂吗？它矮小而且破旧，墙体被风雨剥蚀得厉害，四周的木杠，活像一个浑身受伤即将倒下的士兵，门框也已歪斜，房顶的瓦也被风吹得凌乱，只右门环上明亮的锁扣在无声地告诉我，它并没有颓废，它还坚持为主人避雨遮风。它是我的祖辈们创建的，无论它多么陈旧，我都在遥远的他乡思念，因为它收藏了我父母同甘共苦的爱情，收藏了我纯真无邪的童年，收藏了我与数学的不解情愿，收藏了我最快乐的时光。我不敢碰它，即使在梦中，他，害怕会不小心弄倒它的身体。在梦中只能默默凝视它被岁月严重扭曲的脸，眼里突然有泪滚动，这么十多年来，我发现：一个人十几年如一日在风风雨雨中保持站立是多么的不易；看一个动空的东西周围还有那么多那么多默默无闻的支撑，轻轻推开一道门缝儿眯眼看进去，里边漆黑一团。

我真想坐在自家门凳上，像幼时找到回家钥匙那样得意忘形到咿呀乱叫，累了困了就靠着墙，眯上眼睛晒太阳，然后做一个守株待兔的梦，然后在梦里和我的兔子一起嬉戏玩耍。然而今天，这只能是一个梦，一个可望而不可及的梦。因为我还要为了名与利，为了生存，做着无数不愿做的事而活着。

活着真好，有梦，在梦中有个故乡更好，也许多年以后，还能回到那片土地，就像风中蓦然回首的女子，她并不华丽，但她丰富、内敛、零星，充满着让人安心的意味。这样的所在，让人暗含了一个无法演说的期待……

岁月的光影，历史的残片。还有阳光吗？还有雨露吗？还有风花雪月吗？还有生死离别吗？还有作为人的这样或那样的想法吗……

人太累，人的内心太累的时候，不能保持活着的姿态时，也许该回故乡回到生命的源头去感悟，感悟等待了千年的山与水去赴前年与他们的盟约。

 画龙点睛

　　我们居住的这个星球，它的体积也许再不会改变了，但它永远比我们想象得要大的多。我们需要做的只是接受重力，承担压力，面带微笑，向前迈步，迎接每一次东升西落，温暖彼此的心。我们活着的样子，就是一种生命的姿态。它的弯曲，代表它担负着压力，更代表它拥有力量！

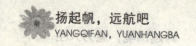
看淡痛苦，善待自己

　　人生已到中年，心里有很多感慨，也有所感悟，生活犹如万花筒，喜怒哀乐，酸甜苦辣，相依相随，也许真的不必太在意；人生本如梦，要学会看淡一切，看淡曾经的伤痛，好好珍惜自己，善待自己，珍惜上帝赐予的点点滴滴，让我们的心中永远有一片阳光照耀的晴空，把眼前的痛苦看淡，或许痛苦之后就是幸福。

　　没有人不想幸福快乐地生活，然而现实生活不尽如人意，我们却经常不能左右幸福，因为痛苦烦恼总是不期而至，面对痛苦烦恼我们也许无法逃避，但我们可以选择善待自己。

　　人生只有经历才会懂得，只有懂得才会去珍惜，一生中总会有一个人让你笑得最甜，也总会有一个人让你痛得最深。忘记一切，就是最好的善待自己，许多事情还是看淡的好，人生的过程不过就是失与得，看淡了也就轻松了，在一切看淡后我不知道我该看重什么？人非圣人，谁能无错，看淡一切，一切也就是过眼云烟，如果真的忘不了，就默默地珍藏在心底的最深处，藏到岁月的烟尘触及不到的地方……

　　活着有时真的很累，身不由己的感觉只有亲身经历了才会知道。生活本身就有很多无奈，但生活也有很多想不到的东西，是好也罢，坏也罢，总是让人有所期待，所以我们都能活下去，人不能想的太多，偶尔往好的地方想想，为了一些自己想要的东西，哪怕是实现不了的也要尽力一下，成也罢，败也罢，心里会舒服些。

还是换一种态度生活吧，把不高兴的统统抛开，人活着就那么短暂的数十载，凡人当然有烦恼啦，生活本来就有许许多多的无奈，看你用什么样的心态去对待，世上没有十全十美的人，生活中有时快乐，有时悲伤，这都是很正常的，要不为什么老天会创造出眼泪来呢？

人们都说"人往高处走，水往低处流"，那我们就往高处走吧，不要想太多伤感的事，什么事都往前看，并相信什么事都会过去的。

有人说，生活是一种享受；有人说，生活是一种无奈。其实，生活有享受也有无奈，有欣慰也有困惑。生活就像一枚青果，你含在嘴里慢慢品，细细嚼，便有诸多滋味在你舌尖蔓延，也甜、也酸、也苦、也涩。

漫漫旅途中，也许感到疲惫，也许有些沉重，但只要有一份美丽的心情，就会觉得欣慰，就会充满自信。好好的珍惜人生，尽情的拥抱生活，虽然辛苦，也会咀嚼出甘甜与芬芳的神韵！快乐从来不是永恒的，痛苦也只是个过程，没有谁能拒绝春天来临，没有谁能永远都做好梦，快乐掌握在自己手里，是要靠自己去找寻的，看淡一切，善待自己。

 **画龙点睛**

有一种心情，叫喜怒哀乐；有一种味道，叫酸甜苦辣咸；有一种智慧，叫深谋远虑；有一种缘份，叫天长地久；有一个群体，叫烟火人间，人生百态；有一种心境，叫顺其自然。把生活中的一切都看淡，不要让生活中的痛苦缠绕着你，善待自己，善待生命。

为草有竹心

　　曾经在一本杂志上看过一篇文章叫做《竹是草的最高境界》，过去了很长时间依旧不时地想起，所以我想把它写出来，与大家一起分享。

　　文章讲述了一个女孩的成长历程，她生长在一个偏僻的小山村，可女孩天生漂亮，又聪慧无比，学习成绩异常地好，几乎是人见人爱。不少人感叹于女孩子的优秀与美丽，说她生错了地方，要是生在了大城市肯定会是一个好命的孩子。山里人所说的好命也就是有前途，女孩自己也对这句话很认同，所以懂事以后，她就开始觉得命运对自己的不公，让如此出众的自己出生在如此贫穷和闭塞的山里，她开始厌恶身边的一切，厌恶同学的大声的谈笑和她们土气的外貌，厌恶自己本来很洁净的母亲没把自己的衣服洗干净……总之看着身边的一切都不顺眼，她觉得这样的环境让她的出众蒙了灰，褪了色。以至于后来，没有同学肯跟她一起玩，连自己的家人也觉得没有办法跟她交流。最后，女孩的母亲把偷偷哭泣的女儿领到了一块竹林，让女孩看看美丽的竹子和地上的草，并告诉她，其实，竹子也是一种草呢，但是它没有嫌弃过自己身边的草，而是坚定的做着自己的竹子，静静地把自己拔高，最终成就了它脱俗的美丽。而此后，这个女孩子就变了，后来考上了一个很知名的大学，又拥有了一份很好的工作，真正成就了一个竹的梦想。

　　看完这个故事以后，我静默了许久，因为这样一个小小的故事带给我的是一次很大的心灵的震动。我想竹之所以是竹，最主要的是因为它有一颗竹的心。常常有人会说生活的好坏最重要的就决定于一个人的心态，我觉得这样一句话是很有道理的，太多的时候，是心态注定了我们的命运。太多的时候，我们像最初的那个女孩子一样，对已经注定的无可改变的环境有着太多的抱怨、诚然，所抱怨的东西是的确存在的，可是既然是与生俱来的，无可改变的客观环境，我们的抱怨也是解决不了问题的。就像竹，它是和草一样生活在同样的环境中的，它没有对环境做出任何抱怨可它还是长成了美丽高大的竹，因为它拥有一棵竹的本质，而我们要做的也正是让自己修炼出竹的质。

谈到这里，我又不禁想起我读到过的另外一个故事：故事讲的是一个很成功的商人，我已经无法记清楚他的名字，但他的故事我是记得异常清晰的。故事开始在一艘前往美国的轮船上，由于各种原因，他和妻子所乘坐的船在海上没有了淡水和食物，很多人都死了，但他告诉自己的妻子，我们是要到美国生活的，我们一定要到达那里，我们不能死去，有这个信念的支持下，他们喝自己的尿液，甚至吃死人的肉，最终，在美国的搜救人员发现这条船时，船上只有他们两人还活着。后来他们从做面包开始，取得了很大的成功，成了著名的面包大王。在他成功后的一个演讲会上，一个美国人问他：我是一个在美国活了几十年的人，为什么我没有成功而你却获得了如此大的成功。他便把这个美国人叫到一边，一样样摘掉自己身上的首饰，脱掉自己的衣服，然后问那个美国人看到了什么，美国人说，我看到了一个丑陋的亚洲人。他说的没错，这位成功的商人的确是一位其貌不扬的中国人。接着他告诉那个美国人：没错，我的外表没有什么出众之处，但关键是我有一颗成功的心，即使把我现在的东西全部拿走，几年后，我还是一个富翁，而你却做不到！

与前面故事中那个美丽的女孩相比，这位面包大王看上去的确是一株草了，可值得我们思考的是，他也完成了这个由草到竹的转变。我想最重要的，也是正如他自己所说的，他有一颗成功的心！

工作中，生活中，经常会听到不少人对生活的抱怨：领导太不重视自己、企业的效益太不好、身边的人不好、没有生在一个显赫的家庭，如此等等，我想这样的现状可能的确是存在的，而这样的现状也是在绝

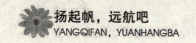
大多数人身上存在的，然而还是有些人，像我们一样生来为草的人，突破了自己的命运长成了高大美丽的竹，成为众草之上的风景，我想最重要的应该还是在于，他们修炼成了一颗竹的心吧。

如果不甘于仅仅做一株平凡的草，就让我们停止无谓的抱怨与不满，从修炼一颗竹的心开始吧！

 画龙点睛

虽然自己是一颗弱小的草，但还是有一颗竹的心，加上自己的不懈努力，最终也是会成长为一颗竹的。只要自己踏实的努力，放下心中的抱怨和不满，总有一天你会变得不平凡。